暴け！闇老中の陰謀

椿平九郎 留守居秘録 7

早見 俊

時代小説

二見時代小説文庫

JN044987

暴け！闇老中の陰謀――椿平九郎 留守居秘録7

目次

暴け！　闇老中の陰謀――椿平九郎　留守居秘録7・主な登場人物

椿《つばき》平九郎清正《へいくろうきよまさ》…若くして羽後横手藩《うごよこてはん》江戸留守居役に抜擢された、横手神道流《しんとうりゅう》の遣い手。

大内盛清《おおうちもりきよ》……羽後横手藩先代藩主。江戸下屋敷で趣味三昧《しゅみざんまい》の気楽な暮らしを楽しむ。

大内山城守盛義《おおうちやましろのかみもりよし》……「よかろう」が口癖で、家臣の上申に異を唱えない羽後横手藩主。

佐川権十郎《さがわごんじゅうろう》…盛清に「気楽《きらく》」と綽名《あだな》された大内家出入りの旗本。宝蔵院流槍術《ほうぞういんりゅうそうじゅつ》の達人。

矢代清蔵《やしろせいぞう》……「のっぺらぼう」と綽名される横手藩江戸家老兼留守居役。平九郎の上役。

竹本弥次郎《たけもとやじろう》…下野国今市《しもつけのくにいまいち》藩、浜名《はなな》家勘定方を務めていた家臣。

熊野庄左衛門《くまのしょうざえもん》…根回しに長《た》けた、今市藩江戸屋敷の老練の留守居役。

大曽根甲斐守康明《おおぞねかいのかみやすあき》…弱冠二十八歳という若さで寺社奉行から老中に上り詰めた野心家。

一橋治済《ひとつばしはるさだ》……将軍家斉《いえなり》の実父にして自らも大御所として権勢を振るう、御三卿一橋家当主。

高峰薫堂《たかみねくんどう》……将軍家斉とその父治済の信が厚く「闇老中」と呼ばれる博識の経世家。

暁栄五郎《あかつきえいごろう》……高峰薫堂の用心棒。六尺を超える力士のような大男。

伝兵衛《でんべえ》……木場の材木問屋「木曽屋《きそや》」の主。

大滝左京介《おおたきさきょうのすけ》…高峰薫堂の右腕として高峰塾の武芸部門を統括する武士。

藤間源四郎《とうまげんしろう》…大内家の凄腕の忍び。どんな職業の人間にも成りきれる変装の名人。

お紺《こん》……足を骨折した父・三蔵《さんぞう》に代わり煮売り屋を切り盛りする気の良い娘。

第一章　幻の手伝い普請

一

文政《ぶんせい》五年（一八二二）の師走《しわす》一日、椿平九郎《つばきへいくろう》は江戸家老兼留守居役の矢代清蔵《やしろせいぞう》に呼ばれた。

愛宕大名小路《あたごだいみょうこうじ》の一角に門を構える出羽国横手《でわのくによこて》藩十万石大内山城守盛義《おおうちやましろのかみもりよし》の上屋敷にある留守居役用部屋である。

底冷えのする厳寒の朝であった。火鉢が置かれているが、炭が熾《おこ》っていない。火箸で灰を掻き混ぜようとしたが、矢代の用向きを聞くまでは遠慮した。

平九郎は、幕府や他家との折衝《せっしょう》に当たる留守居役にしては異例に若い二十九歳、長身ではないが、引き締まった頑強な身体つきだ。ただ、面差しは身体とは反対に細《ほそ》面《おもて》の男前、おまけに女が羨むような白い肌をしている。つきたての餅《もち》のようで、唇は紅《べに》を差したように赤い。

おもむろに矢代は話した。

「下野国《しもつけのくに》今市《いまいち》藩浜名《はまな》家の竹本弥次郎《たけもとやじろう》殿が切腹をした。ついては、浜名家留守居役熊《くま》野庄左衛門《のしょうざえもん》殿より、そなた宛てに書状が届けられた」

「竹本殿が切腹……」

衝撃が胸にこみ上げた。

竹本弥次郎と最初に会ったのは、丁度二月《ふたつき》前、神無月《かんなづき》一日の昼下がりだった。その時の様子が平九郎の脳裏にまざまざと蘇る。

来客を告げられ、平九郎は裃《かみしも》に威儀《いぎ》を正した。前以て、訪問は予告されていたため、意外ではなく、そのつもりで待っていた。

羽織、袴に身を包んだ竹本弥次郎は平九郎と同じ年頃の若侍であった。中肉中背、角張った顔は浅黒く日焼けをし、どこか素朴さを感じさせ、それが好印象を与えた。

「今市藩浜名讃岐守《さぬきのかみ》さまの家来、竹本弥次郎です。御家の勘定方を拝命しております」

はきはきと、竹本は自己紹介をした。

下野国今市藩は五万五千石、日光東照宮《にっこうとうしょうぐう》近くを守る御家として歴代藩主の中には老中を務めた者もいる譜代名門である。

平九郎が挨拶を返すと、

「当家の熊野より、椿殿の盛名《せいめい》は聞いております。若くして留守居役に抜擢され、華々しいご活躍ぶり、と。是非とも椿殿に学んでまいれと申し付けられました」

熊野庄左衛門は今市藩江戸屋敷の留守居役である。平九郎よりも二回り年上の練達《れんたつ》の留守居役であった。

「いや、それは竹本殿の買い被りというもの。学ばねばならないのはわたしの方です」

平九郎の謙虚な挨拶を受け、竹本は用件に入った。

「実は、当家でも財政多難の折、藩札《はんさつ》を発行しようと考えたのです」

これまで今市藩は特産品である繭玉《まゆだま》が高価に取引をされてきたことに加え、歴代藩主が新田開発に努《つと》め、藩主、重役陣が一体となって質素倹約《けんやく》に努めていた。そのお陰で黒字ではないが、領内の富商や江戸藩邸出入りの商人からの借り入れで財政は回っている。

「それが、公儀よりの手伝い普請の内命が下されまして……」

幕府は大名の統制策として大名たちに大がかりな工事を担わせた。手伝い普請と呼ばれ、困難な工事ばかりである。このため、実施させられる大名家は莫大《ばくだい》な出費が予想される。

手伝い普請の過酷な実例がある。

宝暦《ほうれき》三年（一七五三）に実施された薩摩《さつま》藩による木曽三川分流治水普請《きそさんせんぶんりゅうちすい》である。その過酷さゆえ、これを最後に手伝い普請を命じられた大名が実際に普請を行うことはなくなったほどである。

木曽川、揖斐《いび》川、長良《ながら》川の合流地点での水害復旧と三つの川を分流させる普請であった。

薩摩藩は八十人を超える犠牲者と四十万両もの出費を強《し》いられた。薩摩藩の財政は大きく傾く。普請の責任者であった家老の平田靭負《ひらたゆきえ》は普請完了後に責任を負って自刃《じじん》した。

この悲惨な手伝い普請以降、幕府は手伝い普請を大名に命じても実際の普請は幕府が行い、要した費用を大名に請求して出費させるようになったのだ。

実際に工事を行おうが、要した費用のみを出費させられようが、大名には大きな負担である。

各大名家の留守居役たちは、どの御家にいかなる手伝い普請が命じられるのか、戦々恐々《せんせんきょうきょう》として情報収集に努める。

「手伝い普請……はて、どのような」

迂闊《うかつ》にも平九郎は耳にしていない。

「印旛沼《いんばぬま》の普請です」

竹本は言った。

「ほう、印旛沼……」

平九郎は思案をした。

下総国《しもうさのくに》の印旛沼は嵐の際に洪水《こうずい》を起こすために干拓《かんたく》をし、周辺地域を洪水被害から守ることに加え、洪水の心配がなくなった周辺地域の新田開発を当て込んだ工事である。

印旛沼干拓工事は過去二度にわたって実施された。

享保《きょうほう》九年（一七二四）、八代将軍徳川吉宗《とくがわよしむね》は下総国千葉《ちば》郡の豪農、染谷源右衛門《そめやげんえもん》の献策《けんさく》に応じて六千両の資金を貸し与えて実施させたが、あまりの難工事で源右衛門は資金を使い果たし、自身も破産して頓挫《とんざ》した。

次に天明《てんめい》五年（一七八五）老中田沼意次《たぬまおきつぐ》が手賀沼《てがぬま》干拓と並行して実施したが翌年発生した大洪水と田沼の失脚により、これも中止となった。

印旛沼干拓は必要性が十分にわかっていながらも難工事ゆえに頓挫してきた。歴代将軍も幕閣も取り組まねばならない課題だと理解しつつも、先送りにしてきたのである。享保九年から考えると幕府には百年の宿願であった。

その印旛沼干拓普請を幕府は大名の手伝い普請として実施しようというのか。

過去二回は幕府が費用を負担したり、普請を主導したのだが、今回は大名たちにやらせようというのか。いや、木曽三川の手伝い普請が仇《あだ》となり、実施は幕府、費用負担は諸大名という習わしとなっているのだから、莫大な費用請求がなされるということだ。

印旛沼普請などという難工事、ひとつの大名家の手に余る。いくつかの大名家に手伝い普請の命令が下されるだろう。

目下、大内家には伝えられていない。そもそも、幕府は印旛沼の手伝い普請を公《おおやけ》にしていないのだ。竹本が内命を受けた、と言ったのは幕府が公にする前に浜名家に伝えたということだ。巨額な費用の出費が予想されるため、公になる前に藩財政を調《ととの》えようという腹積もりであろうか。

それとも、浜名家留守居役、熊野庄左衛門が幕閣から独自に聞き出したのだろうか。熊野は練達の留守居役、幕閣や普請を管轄《かんかつ》する勘定所に人脈を築いているはずだ。

とすれば、印旛沼普請が行われることを察知していない平九郎は、留守居役として大いに反省しなければならない。

そんな思いを抱きながら、

「ほう、内々に……」

自分の不明を危ぶみながら平九郎は呟いた。

すると、

「御老中、大曽根甲斐守《おおぞねかいのかみ》さまは、深く海防《かいぼう》を憂《うれ》いておられるとか」

何故か竹本は話を転じた。

事実、大曽根甲斐守康明《やすあき》は海防に殊《こと》の外《ほか》に熱心と評判であるが、それと印旛沼普請と関係があるのか。訝《いぶか》しむ平九郎に竹本は続けた。

「いつ何時《なんどき》、オロシャやエゲレスの船が江戸湾に攻め入るかわからないと、危機意識を抱いておられるそうです」

突如として竹本が大曽根の海防意識を語る意図に戸惑い、

「海防と印旛沼干拓とどう繋がるのですか」

思わず問いかけた。

印旛沼の干拓は、豪雨の際に印旛沼が溢れた時の洪水を予防することと、洪水被害の心配がなくなった土地を新田開発することを目的地とした治水工事である。

海防とは無関係だ。

最初に実施された享保年間にはいかなる外国船も日本に脅威《きょうい》を与えていなかった。田沼意次の頃には蝦夷《えぞ》地近海にロシアの船が出没したが、日本に危害を加えることはなかった。

ロシア船が頻繁《ひんぱん》に蝦夷地近海を侵すようになったのは田沼失脚後、松平定信《まつだいらさだのぶ》が老中を担うようになってからであり、イギリス船が驚異となったのは文化《ぶんか》五年（一八〇八）のフェートン号事件がきっかけである。

当時ヨーロッパはナポレオン戦争が行われており、フランスと交戦中であったイギリスはナポレオンに制圧されたオランダ船を追って長崎《ながさき》までやって来たのである。

イギリス船は、日本と交易をしていたオランダの国旗を掲げて長崎に入港し、出迎えた長崎奉行所の役人とオランダ商館員を人質にして薪水《しんすい》、食料を強要した。幕府は長崎奉行所と長崎警固の任にあった佐賀《さが》藩に討伐《とうばつ》を命じた。しかし、千名が常駐しているはずの佐賀藩は百名しか家臣がおらず、軍勢を集結させている間にイギリス船は悠々と立ち去ってしまった。

長崎奉行松平康英《やすひで》は切腹、佐賀藩も家老数人が切腹して責任を取った。ところがそれだけでは収まらず、幕府は佐賀藩主鍋島斉直《なべしまなりなお》を百日の閉門《へいもん》に処した。佐賀藩はフェートン号事件を大いに恥じ、次代藩主直正《なおまさ》の下《もと》で藩政改革、近代化を進める。

フェートン号事件は幕府にも衝撃を与え、海防が重要課題となった。それゆえ、大曽根が海防の重要性を説くのはわかるが、西洋諸国の船が出没するのは蝦夷地、長崎の近海である。印旛沼を干拓することが海防になるのだろうか、平九郎は釈然《しゃくぜん》としない。

「大曽根さまのお考えは印旛沼の干拓ではなく、印旛沼から江戸湾に掘割を開削《かいさく》することなのです。掘割を開くことにより、利根川《とねがわ》と江戸湾を結びます」

「干拓ではなく掘割を開削……」

どうもよくわからない。

竹本は説明を加えた。

「大曽根さまは西洋の国々の船が江戸湾を封鎖《ふうさ》する場合を想定しておられるのです。封鎖されても、利根川から江戸湾にまで荷舟が行き交えるようにしたいのだとか。つまり、江戸の流通を確保する目的であるのです」

「なるほど、それは妙案ですな」

ようやく平九郎も理解できた。加えて、大曽根の先見《せんけん》の明《めい》に感心した。海防というと、蝦夷地、長崎といった江戸の遠隔地を考えてしまう。しかし、江戸が無防備であっては意味がない。ロシアやイギリス、あるいは他の西洋諸国が日ノ本の中心地を狙わない保証はないのだ。

江戸湾防衛に考えが至らなかったとは、自分も天下泰平に慣れきった武士の一人だ、と平九郎は己を責めた。それにしても、大曽根康明は西洋事情に通じている上に相当な切れ者のようだ。

「そのような大がかりな普請です。浜名家だけではできるものではない、とは大曽根さまもお考えのようで、普請の持場をいくつかに区切り、浜名家以外にもいくつかの大名家に手伝い普請を任せるとか」

竹本の言葉は平九郎の胸に暗雲を投げかけた。大内家にも手伝い普請の命令が下されるかもしれないのだ。

平九郎の心配を察したのか、

「目下のところ、当家以外にいずれの御家に手伝い普請が命じられるのかは、明らかではありませぬ」

申し訳なさそうに竹本は言った。

平九郎は、竹本殿が詫びることではないですと返してから、問いかけた。

「としますと、浜名家に手伝い普請が命じられるというのは、どうしてわかったのですか」

「それは……」

竹本は言い辛《づら》そうだ。

御家の内情を語るのは憚《はばか》られるのだろう。おそらくは、留守居役熊野庄左衛門が摑んだに違いない。

「なるほど、さすがは熊野殿ですな」

つい、平九郎は熊野の手腕を褒め称えたが、竹本はそれには応じなかった。熊野の仕事ぶりを他家に明かすことを躊躇《ちゅうちょ》しているのだろう。

「当家としましては、予想される莫大な普請費用を賄うために藩札を発行したいのです」

竹本は浜名家の勘定方だ、これが訪問の用件なのだろう。藩札とは大名の領内での み通用する紙幣である。浜名藩は藩札を領内外の商人に買い取らせ、印旛沼の手伝い普請費用を捻出《ねんしゅつ》しようというのだ。

「よくわかります」

平九郎は応じた。

「ところが、公儀は藩札の発行を認めておりませぬ」

困った顔を竹本はした。

幕府は大名が藩札、東日本は金札《きんさつ》、西日本は銀札《ぎんさつ》を発行することを公には認めていない。しかし、それは多分に形式的なことで、様々な大名家が藩札発行を行っているのは公然の秘密であり、幕府も見て見ぬふりをしているのだ。

いや、過去には届ければ許可をしてきたが過剰になると禁令を出す。金貨、銀貨は江戸周辺や上方《かみがた》周辺地域では使われていたが、全国隅々に流通するには発行量が不足しているのが現実で、藩札が通貨不足を補う役割を果たしているのは周知の事実である。よって幕府も咎《とが》めはしない。

「当家でも背に腹は代えられませぬ。よって、藩札発行を大内家に御指南頂きたいと存じまして、本日はまかり越しました」

両手を膝に揃え、竹本は頭を下げた。

確かに大内家は藩札を発行している。幕府の規定では、藩札の使用期間は二十万石以上の大名は二十五年、二十万石未満の御家は十五年である。

大内家は領内の名産品を買い上げるのに藩札を使っている。領内で栽培される紅花《べにばな》を買い上げ、城に備蓄し藩の名産品として北前船《きたまえぶね》に積み込み、紅《べに》の材料として京都《きょうと》に送って利を得ているのだ。藩札の発行は収入不足を補うと共に殖産《しょくさん》にも活用されるのだ。

「承知しました。当家の勘定方を紹介致しますので、何なりとお訊きになってくださ い」

平九郎が受け入れると、

「畏れ入ります」

竹本は礼を言い、笑みを浮かべた。純朴な良い笑顔である。

「しばし、お待ちくだされ」

平九郎は腰を上げ、部屋を出ると勘定方の用部屋に向かった。

勘定方の役人を竹本に引き合わせると留守居役の用部屋に戻った。竹本は熱心に藩札発行の手順を学んだようだ。竹本弥次郎がきわめて真面目だったとは、勘定方からの評価であった。

一月《ひとつき》ほどが過ぎた霜月《しもつき》三日の夕暮れ近く、竹本の帰りがけ、

「どうですか、軽く」

平九郎は猪口《ちょこ》を呷《あお》る仕草をした。

「はあ……」

竹本は迷う風だったが、藩札発行の目途《めど》が立ったようで飲みたそうな表情であったものの、

「拙者、留守居役殿が出入りする料理屋には無縁です」

と、恥ずかしそうに遠慮した。

「わたしも公用でない限り、気取った店には行きません。普段は町人地のざっかけない縄暖簾《なわのれん》か、門限を気にせずに飲める藩邸内の店を利用します。藩邸内に気の置けない煮売り屋があるのです」

という平九郎の誘いを、

「では、お言葉に甘えまして」

竹本は恐縮してぺこりと頭を下げた。

藩邸の東側に連《つら》なる武家長屋、そこが平九郎や藩士たちの生活の場である。どこの

大名藩邸にも武家長屋はあり、塀の一角に築かれている。それは、いざ有事となった場合、藩邸防御の意味合いがある。

しかしながら、天下泰平の世にあっては、のどかな日常が繰り広げられる。長屋の窓は、曰窓《いわくまど》と呼ばれ、そこから往来を通る物売りに声をかけて紐《ひも》の付いた笊《ざる》を下ろして様々な品々を購入する。

物売りたちも各藩の藩士を客にして通っていた。

そうした物売りたちとは別に藩邸内に店を出している商人たちもいる。藩邸の一角に、古着屋、酒屋、青物屋、魚屋などが小屋を作って営んでいた。

そのうちの一件の煮売り屋に平九郎は竹本を案内した。江戸市中でもよく見られる、安価に酒と肴《さかな》を楽しめる、平九郎が言うざっかけない店だ。

煮売り屋の名の通り、おでんや豆が肴であった。酒は関東地回りの安価な酒だ。板葺《いたぶ》き屋根の店は間口《まぐち》二間《けん》、奥行きは六間ほどの店内に、大きな縁台が置かれ、そこに腰かけて飲み食いをする。

何人かの藩士が陽気に酒を飲み、語らっていた。平九郎を見ると、立ち上がって挨拶をする者もいたが、

「気にかけないでくれ」

平九郎は声をかけ、片隅に腰をすえた。横に竹本も座る。

「親爺……」

平九郎は主人の三蔵《さんぞう》に声をかけたが、

「いらっしゃいませ」

朗《ほが》らかな娘の声が返された。

おやっとなると、奥から娘が出て来た。

「三蔵は……」

平九郎は問いかけた。

「おとっつあん、足の骨を折ってしまって。代わりに、あたしが」

三蔵の娘で、お紺《こん》というそうだ。

美人ではないが丸顔の愛らしさを湛《たた》え、何よりも陽気な雰囲気でこうした店を営むに適した様子である。

三蔵の平癒《へいゆ》を祈念してから酒と煮物を頼んだ。

注文してから、

「ああ、そうだ。時節外れだが直《なお》しが欲しいな」

直しとは焼酎《しょうちゅう》を味醂《みりん》で割った酒だ。上方では柳陰《やなぎかげ》、関東では直しと呼ぶ。平九郎が時節外れだと言ったのは、直しは夏に井戸水で冷やして飲むのが美味だからだ。

ところが、この煮売り屋は三蔵が作る直しが評判である。他の店で出される直しとどこがどう違うのか、平九郎は明確に説明できなかったが、焼酎と味醂の調合が絶妙と想像できる。

焼酎特有の臭みが消され、かと言って味醂が過多に入れられているわけでもないため、甘ったるくもなかった。

お紺は笑顔で注文を受け、時を置かずして直しと煮物の盛り合わせを運んで来た。直しは大振りの湯呑に入っている。煮物の入った器も瀬戸物《せともの》の丼という飾り気のなさである。

煮物は串に刺さったはんぺんや蒟蒻《こんにゃく》、それに大根もあった。初冬のみぎり、まことに心身に沁みる。

平九郎と竹本は湯呑を手に取り会釈を交わすと一口飲んだ。人肌に温められた直しは三蔵に比べ甘味があったが、それでも、焼酎の臭みが取り除かれ、心地よく酔えそうだ。

それに、一杯八文《もん》とはありがたい。

平九郎が一口飲み終えるとお紺が側で見ている。

「どうですか、おとっつあんのようにはうまくいきませんで、お口に合いますか」

明るいお紺が心配そうに顔を曇らせている。

「美味い。これからも通う」

平九郎は言った。

「ほんとですか。気を遣ってくださっているんじゃないですか」

お紺は笑顔になりながらも、不安そうに問いかけてきた。

「おれは、嘘は吐《つ》かぬし吐けぬ。それが短所であり長所だ」

陽気に返してから平九郎は、はんぺんの串を頬張った。

「おお、これはいける」

出汁《だし》が染み込んで実に美味い。

「ありがとうございます。おとっつあんに教わって、出汁を足しているだけなんですけど」

お紺はぺこりと頭を下げた。

次いで、竹本を見て、

「江戸勤番に成られたばかりなのですか」

と、気さくに声をかけた。

武家長屋界隈《かいわい》で見かけない竹本を新任の江戸勤番だと思ったようだ。

「いや、拙者は大内家の者ではなく、下野国今市藩、浜名家の者なのだ」

竹本が言うと、お紺はぺこりと頭を下げて詫びてから、

「まあ、おとっつあんは壬生《みぶ》の出なのですよ」

竹本も打ち解け、

「そうか、壬生のかんぴょうは美味いからな」

と、破顔《はがん》した。

「そうですってね」

お紺も何度もうなずき、奥に引っ込んだ。

「懐具合にゆとりがあったら国許の酒、横手誉《ほまれ》を賞味頂くのですが……」

言い訳めいた口調で平九郎は言った。

留守居役を担い、身分も上士に取り立てられ加増もされたが、国許の実家に仕送りをしているし、役目柄藩の公費で落とせない出費もある。他家の留守居役たちとの折衝という役目柄、身形《みなり》にも気を配《くば》らねばならず、自由になる銭、金は多くはない。

横手誉は国許の殖産の一環として生産されている清酒である。さらりとした飲み口ながら深い味わいで、冷やでも燗《かん》でもいける。

大内家では江戸でも売り出そうとしたが上方の酒には敵《かな》わない。清酒と言えば伏見《ふしみ》や池田《いけだ》、灘《なだ》の造り酒屋のものが圧倒的な人気で年間百万樽《だる》も下ってくる。横手誉の付け入る隙はないのである。それでも、江戸の酒屋や料理屋が扱ってくれるようにと藩邸にも在庫がある。

在庫と言っても二合徳利《どっくり》で百文とあって大内家の家臣の口には容易に入らない。湯呑一杯八文の直しなら十二杯以上飲めるのである。年賀や祝い事の際に振る舞われる横手誉にありつくのがせいぜいだ。

「直しで十分ですよ。拙者、日頃はどぶろくですから。ああ、そうだ。無事、藩札が発行できた暁《あかつき》には上役から褒美の金子《きんす》を拝領できますので、その時には、拙者の奢《おご》りで」

竹本は空《から》になった湯呑を持ち上げた。

平九郎と竹本は直しの二杯目を飲んだ。程よく酔いが回ったところで、

「おら、あ、いや、拙者は侍の出ではないのです」

打ち明けるように竹本は言った。その言葉を裏付けるように下野のお国言葉になっている。語尾の調子が上がる、独特の下野訛《なま》りだ。それが竹本の人柄にはよく似合っていた。

平九郎は黙って見返す。

竹本は今市近在の庄屋《しょうや》の次男坊だったそうだ。算盤《そろばん》、算術に長《た》けた竹本は浜名家の郡方に属する代官所に手代《てだい》として奉公に上がった。年貢取り立てや領民のために一生懸命に働く姿が巡見中の藩主讃岐守道高《みちたか》の目に留まった。

以後、浜名家の国許の勘定方に勤務し、足軽ながら藩士の待遇を得た。その後、領国経営に貢献し、この四月から江戸藩邸の勘定方になったそうだ。

「殿さまのお陰で侍になっていますが、おら、百姓です。家中からは白い目で見られています」

おそらくは、そんな苦渋を抱えながら役目に邁進《まいしん》しているのだろう。

「讃岐守さまは、領民の暮らしをよく知る竹本殿を勘定方に取り立てられたのです。きっと、大いなる期待を抱かれたのでしょう。胸を張って務められよ」

平九郎は言った。

「そうですね」

自分に言い聞かせるように竹本は何度もうなずいた。

しかし、すぐに顔を曇らせ、

「おら、武芸はさっぱりです」

「算盤に長ければそれで充分ではないですか」

平九郎は励ました。

「でも、当家では、算盤や算術は卑《いや》しい者がやる、と蔑《さげす》まれています」

竹本は嘆くように言った。

大名家には藩校があり、大名家によっては算盤、算術は平士《へいし》には学ばせるが、身分ある上士《じょうし》は学ばない。上士はひたすら四書《ししょ》、五経《ごきょう》といった儒学書や漢籍を学ぶ。

つまり、年がら年中、「子《し》のたまわく……」などという観念の学問を学んでいるのだ。

そうした大名家は、銭勘定なんぞは平士にさせておけばよい、という風潮があった。

実に嘆かわしい傾向ではある。

「讃岐守さまは、竹本殿に期待しておられるのです。もう一度申しますが、胸を張って奉公なされよ」

平九郎は心からこの素朴で誠実な若者を励ました。

それから、竹本は国許で経験したおかしな出来事、困難だった開墾の苦労話など、目を輝かせながら語った。

二

竹本との思い出から覚め、

「公儀に藩札発行を咎められた責任を負って切腹をなさったのですか」

問いかけながらも平九郎の胸には疑念と怒りが渦巻いた。怒りの矛先《ほこさき》は幕府、幕府の顔色を窺った今市藩浜名家だが、あまりにも漠然《ばくぜん》として怒りの度合いが高まらない。それに対して疑念は膨らむ一方だ。

どうして、幕府は藩札の発行を咎めたのだろう。確かに、藩札の発行を幕府は認めていない。しかし、見て見ぬふりをしてきたのだ。実際、大内家が藩札を発行しているのは幕府も知っている。

「どうして公儀は藩札の発行を浜名家に限っては咎めたのでしょう」

つい、声を大きくして平九郎は矢代に問いかけたが、矢代も答えられないだろう。

案の定、

「わからぬ。ただ、幕閣の人事が変わった」

矢代は思案するように腕を組んだ。

「と、おっしゃいますと」

「新任の老中大曽根甲斐守さまが勝手掛《かってがかり》を担うことになった」

半年前、老中に欠員が生じ大曽根甲斐守康明は、二十八歳の若さで老中となった。しかも寺社奉行からの大抜擢である。大奥に深い繫がりがあり、大奥の評判も高いことから、大奥の支持を得たということだ。

老中昇進も異例の人事だが幕府財政を統括する勝手掛になったとは、将軍徳川家斉《いえなり》の信頼の厚さと大曽根の才覚を窺わせる。多くの場合、勝手掛は老中首座が兼務するのだ。老中首座は練達の者、新任の老中が勝手掛とは幕政に新風を吹き込むに違いない。

「すると、大曽根さまの意向ということですか」

平九郎が問い直すと、

「断定はできぬ。それくらいしか、思い浮かぶことがないから、そう申したのだ」

淡々と矢代は心の内を打ち明けた。

「どうにも気になります。このまま放ってはおけませぬ」

浅黒く日焼けした竹本の顔が思い浮かぶ。

「そうじゃのう」

矢代は思案をした。

「ともかく、浜名家上屋敷を訪れたいと思います」

平九郎は言った。

「よかろう。熊野殿を訪ねよ」

矢代の許可を得て、平九郎は腰を上げた。


今市藩浜名家上屋敷は大内藩邸から程近い、愛宕《あたご》大名小路の一角にあった。

番士に素性を明かし、熊野への取次を頼むとすぐに中に入ることができた。

御殿玄関脇の使者の間に通され、熊野を待った。

待つ程もなく熊野はやって来た。

名字とは裏腹の熊野は痩せぎすの温和《おんわ》そうな面持ちの初老の男である。まずは、竹本の悔みを述べ立て、香典《こうでん》を渡した。熊野は苦渋の表情を浮かべ、香典は国許の実家に贈ると受け取った。

それから、

「惜しいことをしましたな」

熊野は心痛な顔で竹本の死を悼《いた》んだ。

「まこと、竹本殿は惜しい人材であったと、他家の者ながら思います」

平九郎も同意した。

それから、

「藩札発行を公儀に咎められたのですな」

平九郎が確かめると、

「そうなのです」

認めたものの熊野は腑《ふ》に落ちないと言い添えた。

「しかし、藩札の発行など、行っておる大名家は珍しくはないですぞ」

まるで熊野を責めるような口調になってしまった。

「あ、いや、熊野殿が悪いわけではござりませぬが」

つい、言葉尻が濁ってしまった。

「それが、はっきりとしたことはわからぬのじゃが、御老中大曽根甲斐守さまのご意向らしい」

らしいと推量口調でありながら、熊野の目は凝らされ、大曽根の意向だと確信しているようだ。大曽根の名が出るのは予想していただけに、平九郎も意外な気はしない。

「大曽根さまは何故藩札の発行を禁じられたのですか」

平九郎が問いかけると、

「天下の通用である銭、金貨、銀貨の発行は公儀が行う、ということをおっしゃっておられるそうな」

めんどくさい御仁《ごじん》だと熊野は大曽根をくさした。

「しかし、藩札を発行しておる御家は珍しくはありませぬ」

平九郎が疑問を呈すると、

「まずは、新規での発行を禁ずる、ということじゃ」

熊野は言った。

「新規……」

つぶやき、平九郎は思案をした。

「藩札の発行を禁ずる一方で、公儀は印旛沼の開削を予定しておられるのですな」

平九郎は言った。

「そのようじゃ」

短く、熊野は答えた。

「浜名家が指名されたのですな」

「うむ」

言葉が短くなり、熊野は答え辛そうな様子となった。

「それが、竹本を追いつめることになってしまった」

自分の責任のような物言いを熊野はした。

平九郎は口を閉ざした。熊野は思案をするように黙っていたが、

「わしが、印旛沼開削普請のことを信じなければ、竹本は無理をして金策に奔《はし》ることもなかったのだ」

意外なことを熊野は口に出した。

「信じなければとは……」

平九郎が問いかけると、

「印旛沼から江戸湾への掘割を開くとは、大曽根さまらしい雄大な普請であるが、わしなりに調べてみたところ、公儀に印旛沼普請の計画はなかった」

熊野は答えた。

「では、印旛沼普請の事、熊野殿が探り当てたのではないのですか」

意外な思いで平九郎は問い直した。

「違う……わしは竹本から聞いたのじゃ」

悔いがこみ上げてきたようで熊野は小さくあえいだ。

「では、竹本殿は何処で印旛沼普請の事を耳になさったのでしょう」

当然の疑問を投げかけると熊野は苦悩の色を深めた。御家の内情に関わるのであろうか。そうなら、これ以上踏み込むのは憚られる。

「いや、お答えくださらなくてよろしゅうございます」

平九郎が遠慮すると、

「高峰塾《たかみねじゅく》……」

熊野はぽつりと漏らすように口に出した。

「高峰塾……」

深くは考えず鸚鵡《おうむ》返しに問うてしまった。

熊野は迷いが吹っ切れたようで平九郎の顔を見返して話を続けた。

「高峰薫堂《くんどう》の私塾でござる」

高峰薫堂なら知っている。

儒学、蘭学に通じる学者であるばかりか経世家《けいせいか》としていくつかの大名家の財政立て直しに貢献してきた。将軍徳川家斉の実父で御三卿《ごさんきょう》一橋家《ひとつばしけ》の当主治済《はるさだ》の信頼が厚《あつ》く、治済の侍講《じこう》となっている。治済は表立って幕政に口出しをすることはないが、将軍の実父とあって大きな影響力を持っている。

平九郎が高峰について思案を巡らしていると察したようで、

「高峰先生は一橋大納言《だいなごん》さまの推挙《すいきょ》で大曽根甲斐守さまの相談にも乗っていらっしゃる。高峰塾は高峰先生の私塾ながら、一橋大納言さま、大曽根甲斐守さまのご威勢と高峰先生ご自身の名声により、連日数多《あまた》の入門者が押し寄せておる。入門を請《こ》う者は旗本の子弟、大名家の家臣、仕官を目指す浪人などじゃ」

その高峰塾に竹本は入門した。

「半年ばかり前に入門が叶った。高峰先生の下で経世について学んでおった。浜名領内の殖産、新田開発、鉱山開発のために熱心に勉学に励んだ。高峰塾は数多の塾生を抱え、講師も多士済々《たしせいせい》じゃ。印旛沼の普請は高峰塾で耳にしたのじゃ。わしも高峰塾で得た雑説《ぞうせつ》ならば信用するに足りる、と思った」

雑説とは情報である。高峰塾の誰から聞いたのかはわからない、と熊野は言い添えた。竹本は印旛沼普請に備え、御家の台所を調えようと奮闘した。そこで藩札の発行を計画したのである。

ところが、藩札の新規発行を大曽根から咎められたばかりか、印旛沼開削普請など幕府は計画していなかった。藩札の札元となった商人と御家の信用を失墜させた上に勘定方を混乱させ、幕府の不興《ふきょう》を買った責任を負い、竹本弥次郎は自刃したのであった。

「竹本殿は印旛沼開削普請の費用を捻出しようと藩札発行の準備をなさった。しかし、公儀から禁じられたのだとしたら、発行をやめればよかったではないですか。誤った情報ではありましたが、印旛沼普請が始まるのは来年の春と聞いていたのでしょう」

平九郎は新たな疑問を投げかけた。

「その通りなのだが、藩札発行に当たって紙や版の手配、札元となった藩邸出入りの両替商にも準備をさせておったからのう……」

熊野は言葉を濁らせた。

責任感の強い竹本のことだ。藩札発行の混乱に強く自責の念に駆られたのだろう。

居たたまれなくなり、平九郎は腰を上げた。

三

藩邸に戻ると留守居役の用部屋で矢代が待っているそうだ。

用部屋に入り、熊野との面談内容を報告しようとする前に、

「明日、留守居役は御老中大曽根甲斐守さまの屋敷に出向け、ということじゃ」

矢代は告げた。

「何事でしょう。実は浜名家の熊野殿から聞いたのですが、公儀に印旛沼開削の普請の計画はないのだそうです」

平九郎は熊野との面談内容を報告した。

「ほう……」

矢代は無表情ながら困惑している。

「印旛沼の手伝い普請の命《めい》が下されないとしましても、良い報《しら》せではないでしょう」

平九郎は唇を噛んだ。

「覚悟せねばならぬかもな」

淡々と矢代は受け止めた。


御殿を出て武家長屋に向かった。

暮れなずむ邸内を歩いていると、竹本と直しを酌み交わしたことを想い出し、煮売り屋を覗いた。

「椿さま、いらっしゃい」

お紺の明朗な声音が胸に刺さった。

「直しですか」

お紺に問われ、

「頼む……肴は適当に」

言葉に力が入らない。

お紺は直しの入った湯呑と丼を運んで来た。丼にはおでんとかんぴょうが入っていた。

「かんぴょうか」

平九郎は箸でかんぴょうを摘まみ、口の中に入れた。しゃきしゃきとした食感とじんわりとした出汁が口中《こうちゅう》に広がった。

お紺が、

「竹本さまが届けてくださったのですよ」

と、言った。

いつもの明るい表情は竹本の死を知らないようだ。

「では、下野のかんぴょうなのだな」

再びかんぴょうを箸で摘み平九郎は言った。

あれから、竹本は藩札発行について大内家上屋敷を訪れ、勘定方から学んだそうだ。

その帰途、立ち寄ったそうである。

「それはよかったな」

平九郎は無難な言葉しか言えず、本当に情けない。

「また、顔を出してくださるとうれしいです。せっかく頂いたかんぴょうを食べて頂きたいですもの」

お紺は言った。

教えてやるべきか。

竹本の死を知らないまま気を持たせるのはよくはない。

「実はな」

平九郎はここで言葉を止めた。

お紺はおやっとなった。

平九郎の曇った顔に危機感を抱いたようだ。

「竹本殿だが、亡くなったのだ」

平九郎はつい早口になった。

「ええっ、亡くなったって、死んだ」

突然の訃報《ふほう》にお紺は戸惑いを示した。

平九郎はうなずく。

「どうして……」

お紺は絶句した。

「隠し立てはせぬ。役目の責任を負って、切腹なさったようだ」

「そんな……いつですか」

お紺は納得できない様子だ。

「一昨日のことだ」

平九郎は答えた。

「信じられない」

「だが、事実なのだ」

「でも、自害だなんて……あまりにお気の毒です」

深くお紺は嘆いた。

「事情はよくはわからぬが、御家の役目上のことであるようだぞ」

声をはげまし平九郎は言い添えた。

「とっても、遣り甲斐を感じていらっしゃるようだったのに……でも、そう言えば
……自害なさったとお聞きしましたのでそんな風に思うのかもしれませんが、竹本さ

ま、時折むっつりと黙り込み、何事か悩んでおられたようです。わたし、悩んでいらっしゃるなんて知らなかったものですから、酔いが回ったんだなって勘違いして、お水を持っていったんです。竹本さまはお礼を言ってくださいました。わたし、本当に馬鹿ですね」

お紺は涙ぐんだ。

「そなたは馬鹿ではないし、愚《おろ》かな所業《しょぎょう》をしたのでもない。竹本殿は苦悩しておられたにしても、そなたの気遣いはありがたかっただろう」

気休めではなく平九郎は本気でそう思った。

お紺にかんぴょうを届けた時、竹本は希望に溢れていたようだ。それが、それほどの月日を経ずして暗転したのである。

「何があったのだろう」

疑念が平九郎の胸に渦巻いた。

四

明くる師走二日の昼下がり、裃に威儀を正し、平九郎は江戸城西の丸下にある大曽根甲斐守康明の屋敷にやって来た。門番に素性を告げると、御殿玄関脇の使者の間に行くよう案内された。

　使者の間には留守居役たちが顔を揃えていた。今市藩浜名家の留守居役、熊野庄左衛門もいた。平九郎と目が合うと、軽く会釈を取り交わした。

　みな、何事かと緊張の面持ちであった。一体何を申し付けられるのかと危機感を抱いている。印旛沼開削普請の計画はないとしても、何らかの手伝い普請を命じられるかもしれないのだ。

　加えて新規藩札発行の禁止ということもある。手伝い普請に要する費用の捻出はどの大名家も悩ましいに違いない。いや、手伝い普請どころか各大名家は藩札の発行なしには日頃の財政すらも賄えないのだ。

　やがて、大曽根甲斐守康明が入って来た。留守居役たちは平伏した。

　上座に着いた大曽根は面を上げるよう告げる。平九郎も面を上げ、大曽根に視線を向ける。

　大曽根は色白で面長、神経質そうな切れ長の目をした、歳若いいかにも切れ者といった風貌であった。

「さて、本日集まってもらったのは、藩札についてである」

やはりか、と平九郎は思った。

新規藩札の発行の禁止を改めて申し渡すのではないか。

「新規藩札の発行は禁止する」

大曽根は凜《りん》とした口調で言い渡した。

留守居役たちは黙っている。ここで大曽根が、

「何か考えのある者は申せ。腹蔵《ふくぞう》のない意見を述べるがよい」

鷹揚《おうよう》に語りかけた。

ここで意見を言おう、言うべきだ、と平九郎は思い、

「畏れながら」

と、声を放った。

大曽根の視線が向けられた。

黙って発言を許す。

平九郎は名乗ってから、

「新規藩札の発行を禁じるとなりますと、御家の台所のやり繰りに難渋《なんじゅう》する御家も出てくると思います。そうした御家は商人から借財をすることになります。しかしながら、これまでにも商人への借財はあり、その上となりますと、商人も貸し渋ること

になりましょう」

　ここまで話したところで、

「倹約に努めればよかろう」

　大曽根はけんもほろろに返した。

「むろん、倹約には努めております。それでも、足りないから藩札を発行せざるを得ないのが実状です」

　平九郎の言葉に、うなずく者たちもいた。大曽根はそうした大名家の内情を知っているのだろうか。大曽根家は武蔵国草加《むさしのくにそうか》で五万五千石の譜代大名である。いくら老中の家柄とて、台所事情は楽ではないだろう。楽ではないのだが、そうしたやり繰りは重臣任せにして御家の財政には関心も関与もしていないのかもしれない。

「そうであるな……わしとて大名の端くれ。それでも、楽ではない台所をやり繰りしておる」

　意外にも大曽根は理解を示した。

　平九郎はおやっとなった。

　大曽根は続けた。

「むろんのこと、公儀としても闇雲《やみくも》に藩札の発行を禁じるのではない。藩札に代わる制度を用意する」

するとどよめきが起きた。

どよめきが静まるのを待ち、

「貸金会所《かしきんかいしょ》を開設する」

大曽根は言った。

「公儀が金を貸してくださるのですか」

すかさず、平九郎が問いかけると、

「そうだ」

ぴしゃりと大曽根は答えた。

幕府は気前よく大名に貸すほどの余裕があるのだろうか。

貨幣改鋳《かへいかいちゅう》で出目《でめ》を得るつもりであろうか。

貨幣改鋳とは流通している金貨、銀貨を回収し、金と銀の含有量を少なくして鋳直《いなお》して発行することを称する。当然、幕府が発行する金貨、銀貨の量は増える。増えた分は出目と呼ばれ、幕府の台所を潤した。

幕府財政が豊かになった分、出費が増えて景気が良くなり、暮らしにゆとりが出る分、町人たちは余暇を楽しみ文化が花開いた。しかし、消費が過熱するために物価が上がり、文化は爛熟《らんじゆく》して世相、風俗が乱れがちとなった。

「わかったか」

大曽根は平九郎に問いかけた。

「貸金会所とは、どのような仕組みなのでしょう。いえ、その、公儀を疑っておるのではないのですが」

平九郎は遠慮がちに質《ただ》した。

大曽根は留守居役たちを見回して話した。

「椿に限らず、ここに集まりおる者は貸金会所の原資を貨幣改鋳による出目と思っておるかもしれぬが、はっきり申す。貨幣改鋳ではない。貸金会所には町人と天領《てんりょう》の領民から地子銭《じしせん》を徴収し、それを以て資金と致す」

大曽根の説明に驚きの声が上がった。

地子銭とは町人であれば家の間口の幅に応じ、農民であれば田圃《たんぼ》の大きさに対して課税する。古来から行われてきたが、徳川幕府は行っていない。

もっとも、江戸の町人の場合、ほとんどが長屋住まいで、長屋は家主のものだ。従って、地子銭が取り立てられるのは、家主だけである。しかし、長屋の数は多い。それらに少額でも税をかければ、莫大な収入になるのだ。

「これまで、公儀は地子銭を取ってきませんでした。ですから、それを実施すれば、大いなる不満の声が上がるのではないでしょうか」

問いかけながら平九郎は大曽根が民の声を軽んじているのではないか、と勘繰った。町人、農民が不満を言い立てようがお構いなしに強行するということか。

すると、大曽根は動じることなく、

「貸金会所が貸し付けた大名には当然ながら利子を求める。得られた利子を町人、農民どもで折半する。さすれば、民にも利が行き届くということじゃ」

大曽根は言った。

留守居役の間から、なるほどという感心の声が上がった。平九郎も大曽根は中々知恵が回り、ちゃんと的確な政策を心がけているのだとわかった。

「椿……と申したな」

大曽根に語りかけられ、平九郎は居住まいを正した。

「わかったか」

確認をされ、

「畏れ入りましてござります」

平九郎は答えた。

それならばよい、というように大曽根は何度かうなずいた。

「よって、貸金会所が機能すれば、貸付を実施する。むろん、無制限にとはいかぬ。担保《たんぽ》もそれなりに取る」

大曽根は言った。

留守居役たちは顔を見合わせた。

ここでもうひとつ気にかかることを平九郎が尋ねた。

「近々、印旛沼の普請があると耳にしましたが」

熊野から印旛沼普請の計画はないと聞いたが、竹本は高峰塾で誤った情報を摑まされたのか確かめようと思ったのだ。平九郎が問いかけると、留守居役たちから驚きの声が上がった。

大曽根は何事もなかったかのような態度で、

「ほう、何処でそのようなことを耳にしたのか存ぜぬが、そのような予定はない」

と、きっぱりと否定した。

惚《とぼ》けているのだろうか。

しかし、印旛沼開削普請となると、一朝一夕《いっちょういっせき》でできるものではない。あらかじめ、余裕を持って手伝い普請を申しつけないと、命じられた大名も金のやり繰りに苦労する。それは、工事の難航に影響し、幕府にとっても得策ではないのだ。

利に聡《さと》い大曽根康明がそのようなことをするとは思えない。ちらっと横目に熊野を見た。熊野は正面を向き、無表情である。

「そなたらも存じおると思うが、印旛沼の普請は二度実施された。畏れ多くも八代吉宗公、老中田沼主殿頭《とのものかみ》じゃ。いずれも、難航し、完成には至らなかった。いわば、印旛沼は公儀にとって鬼門《きもん》である」

大曽根が言うと、みなうなずいた。

「そのような普請、いたずらに、出費を増やすだけである」

大曽根は言った。

やはり、竹本は高峰塾で誤った情報を掴まされたのだ。

「椿、誰に聞いたのかは問わぬ。公儀が何故、二度も失敗した印旛沼普請を行おうとしている、と聞いた。まさか、三度目の正直、などと申すのではあるまいな」

大曽根が軽口を叩くと、留守居役たちから追従笑《ついしょうわら》いが起きた。

平九郎は真顔のまま答えた。

「海防です」

と、竹本から聞いた、大曽根が江戸湾を外国船に封鎖された場合に江戸に荷が届くよう利根川と江戸湾を結ぶ掘割を造作するということを語った。

大曽根は黙って聞いた後、

「なるほど、海防のためにもなるということか。誰の知恵かは存ぜぬが、検討に値するのお」

と、笑みを浮かべた。

留守居役たちは険しい目で平九郎を見た。

おまえが余計なことを言うから印旛沼普請が現実のものになってしまうではないか、と怒っているようだ。

しまった。

大曽根に乗せられたのかもしれない。最初からこうなることを想定し、大曽根は惚けていたのではないか。

だとしたら、狡猾《こうかつ》な男だ。

平九郎の額に脂汗《あぶらあせ》が滲んだ。

留守居役たちは目を伏せた。大曽根と視線を合わせたなら、印旛沼普請を命じられると恐れている。

そのみなの反応を楽しむように悠然《ゆうぜん》と眺めまわした後に、

「印旛沼普請の予定はない」

と、断言した。

安堵のため息が漏れた。

しかし、表情が緩《ゆる》んだところで、

「海防について、印旛沼普請ではなく、方策がある」

強い口調で言い放った。

みなの表情に再び緊張が走った。

「海防のために諸大名には海岸線の警固と江戸湾に砲台を築いてもらうつもりである」

大曽根は言った。

沈黙が部屋を覆った。

「いかに思うか……椿、そなたはどう考える。おお、そうじゃ、虎退治《とらたいじ》の勇者であるそうではないか」

大曽根に問われ、

「海防には適した処置であると思います。御老中におかれましては、意中の大名家があるのでしょうか」

平九郎は問い直した。

「なくはない」

にんまりと大曽根は言った。

しかし、誰もそれを確かめる勇気はなかった。

「本日は以上じゃ。海防については、詳細が決まり次第、追って報せる」

大曽根は話を打ち切った。

五

留守居役たちが引き揚げてから大曽根は、

「入られよ」

と、声をかけた。

初老の男が入って来た。

白髪《しらが》交じりの髪を総髪《そうはつ》にし、地味な焦げ茶色の小袖に同色の袴、黒の十徳《じっとく》を重ねている。

「高峰先生、まあ、座られよ」

大曽根は丁寧に一礼した。

高峰薫堂、経世家である。これまでに、様々な大名家の財政再建に携わり、建て直しの実績がある。一橋治済の信頼も篤い高峰を大曽根は知恵袋として顧問に迎えた。

貸金会所設立も高峰の立案である。

「まずは、諸大名に伝えれば本日のところは十分でありますな」

高峰は言った。

「わしは海防に対する考えは大真面目である。海防は公儀にとって大きな課題である。それを成就《じょうじゅ》するためには多少の荒療治は厭《いと》わぬ覚悟でござる」

大曽根は決意と共に語った。

高峰は深々とうなずき、

「ならば、貸金会所、積極的に行うことじゃな」

と、強く勧めた。

「いずれの大名も台所は楽ではない。貸金会所に駆け込むであろう」

大曽根は言った。

「そうですな」

高峰は同意したものの、まだ、満足ではないようだ。

「先生にはご不満そうですな」

大曽根が問いかける。

「貸金会所に駆け込むように手を打たれた方がよろしかろうと」

高峰は言った。

「うむ、それにはいかにすればよろしいのですか」

大曽根は目をしばたたいた。

「藩札の回収を命ずるのじゃ」

さらりと高峰は言ってのけた。

「大名家が発行した藩札を買い取らせるのだな。なるほど、それには莫大な出費を強《し》いられる」

大曽根は目を輝かせた。

「それが妙案ですぞ。大名どもからはしっかりと担保をお取りになられよ」

高峰は笑った。

前歯が折れているため、空気が漏れ、薄気味の悪い音となっている。

「担保はしっかりと取ります」

大曽根はにんまりとほくそ笑んだ。

それから、

「椿平九郎、厄介《やっかい》な男じゃ」

高峰は言った。

「いかにもうるさそうな男ですな」

高峰に同意しながらも大曽根はあまり気にかけていないようだ。

「早いところ、始末した方がよい」

冷然と高峰は勧めた。

「しかし、浜名家の竹本のこともある。大名家の家臣の死が続けば不審がられましょう。それに、目下のところ、椿が我らの企てを邪魔しておるわけではない。第一、企てもわかっておらぬでしょう」

大曽根は異論を唱えた。

「先手必勝じゃがな」

不満そうに高峰は口を閉ざした。

濡れ縁に出て高峰は、

「暁《あかつき》」

と、呼ばわった。

「おお」

野太い声で男が現れた。

力士のような大柄な男だ。六尺を超える大きな身体であるばかりか、顔もでかい。丸めた頭が丸顔を際立《きわだ》たせ、細い目と団子鼻と相まって、なんとも滑稽《こっけい》な容貌《ようぼう》だ。しかも、首は胴体に埋まって見えない。

それでも、紺地木綿の小袖、袴に身を包んだ全身から獣のような獰猛《どうもう》さを発散させている。

暁栄五郎《えいごろう》、高峰の用心棒である。

「そなたの、剛力、役に立ててもらうぞ」

高峰は言った。

「相手は誰ですか」

暁は舌舐《したな》めずりをした。

「大内家江戸留守居役、椿平九郎、虎退治の椿だ」

高峰は平九郎の名を告げた。

「噂の男か……ふん、虎退治だろうが猪斬《いのししぎ》りであろうが、おれさまにかかれば、鼠《ねずみ》退治《たいじ》のようなものだ」

　暁は自信を示した。

「但し、殺すな。椿の腕前を確かめるにとどめよ」

　高峰は命じた。

　不満そうな顔で暁は頭《こうべ》を垂れた。


　控えの間を出ると平九郎は熊野に話しかけた。

「藩札、新規発行を禁ずる代わりに貸金会所とは大曽根さま、中々の策士ですな」

「いかにも」

　熊野もうなずいた。

「ところで、高峰塾ですが、詳しいことをお教え願えまいか」

　平九郎は一体、なんの根拠があって印旛沼開削普請を竹本が知ったのか高峰塾の実態を知りたくなった。

「そうですな」

　熊野は顔を曇らせた。

「竹本殿はありもしない印旛沼開削普請のために粉骨砕身《ふんこつさいしん》してお命を落とされたので

すぞ」

　つい、気持ちが高ぶってしまった。

「それは……」

　熊野は苦し気な顔である。

「何か隠し事があるのですか。いえ、隠し事は当然としましても、わたしにはどうにも受け入れられません。竹本殿の誠実さ、御家のために尽くしている姿は嘘偽りもないものでした」

　平九郎が言った。

「それは、わしも疑いを抱いてはおらぬ」

　熊野は言った。

「ならば、高峰塾についてお聞かせ願えませぬか」

　平九郎は繰り返し頼んだ。

　熊野は迷う風に思案をしていたが、

「申したように高峰薫堂は、一橋大納言さまからは天下に二人といない知恵者だと高い評価をされておるそうじゃ」

　淡々と熊野は言った。その口調からは、高峰に対する評価は窺い知れない。

黙って平九郎は話の続きを待った。

「高峰塾は梁山泊《りょうざんぱく》と呼ばれており、多士済々の者どもが集まっておるな」

これまた以前聞いた話を熊野は繰り返した。

「多士済々とは、どのような者たちが集まっておるのですか」

怪しさを感じながら平九郎は問いかけた。

「大名家の家臣、幕臣、浪人、身分を問わず、ということになっておる。なんでも算勘の試験や口頭試問《こうとうしもん》に合格すれば入門できるそうだ」

熊野は言った。

「なるほど」

「部門別に入門者を募っておるそうじゃ」

「部門」

「兵法、経世、国学、蘭学、医学、探索などがあるそうじゃぞ」

熊野は言った。

「竹本殿は経世を学んでおったのですな」

「そうじゃ。実践を重んじるそうでな。特に、経世家を養成することに重きを置いておるそうじゃ」

「なるほど」

平九郎は思案をした。

「竹本は経世家を志して勉学に励んでおった。浜名領内の領民たちの暮らしを豊かにするのだ、と口癖のように言っておった」

ため息交じりに熊野は言った。

「すると、竹本殿は経世を学んでおって印旛沼開削を耳にしたのかもしれませぬな」

平九郎の推論を受け、

「間違いなかろう」

熊野は断じた。

六

明くる三日の昼、平九郎は羽織、袴の略装で新川《しんかわ》に軒《のき》を連ねる酒屋を訪ねて回った。横手誉を取り扱ってくれるよう頼んだのだが色よい返事をしてくれた店はなかった。上方からの下り酒、関東地回りの酒で十分に足りているのだ。

無駄足であったが諦めてはならじ、と己を鼓舞《こぶ》し、藩邸に戻る。冬の日は短く、いつの間にか夜の帳《とばり》が下りている。凍えるような夜風に包まれ、徒労に終わった横手誉売り込みと相まって背中が丸まってしまう。

日本橋《にほんばし》に到ったところで、背後で足音がした。通りの両側に広がる町家は眠りの中にある。建物は闇の中で陰影を刻み、静寂の中、地べたを引きずるような音がせまってくる。

闇の中で人の影が蠢《うごめ》いたような気がした。

日本橋の表通り、大店《おおだな》が軒を連ねている。冴えた三日月と星影を受け、屋根看板や屋根瓦が黒い影を往来に落としていた。

——背後の天水桶《てんすいおけ》か——

平九郎は見当をつけた。足早に進み、横丁を右に折れた。同時に背後を振り返る。と、その直前、頭上に猛烈《もうれつ》な殺気を感じ、咄嗟《とっさ》に往来を横転した。頭上を矢が掠める。矢は商家の雨戸に突き刺さった。平九郎は横転を繰り返し、天水桶の陰に身を潜めた。そこへ容赦《ようしゃ》なく矢が襲い天水桶、雨戸に次々と刺さる。

予期せぬ襲撃により、寒さも売り込み失敗の挫折も消え去った。

相手は複数いるようだ。矢が降り注いでくる方角に見える向かいの店の屋根瓦に敵は潜んでいる。このままでは全身を針鼠《はりねずみ》のようにされる。

矢が途絶えたのを見、平九郎は天水桶に飛び乗り、軒を伝って屋根瓦に登った。屋根に向け矢が射かけられる。

平九郎は瓦を捲《めく》り、道を隔てている敵に投げつけた。相手は三人だ。真ん中の男に命中した。男は顔を押さえながら屋根瓦を転げ落ちた。残る二人がひるんだ。

その隙を逃さず、平九郎は跳躍《ちょうやく》し、敵のいる店の屋根に着地する。二人の真ん中だ。二人はあわてながらも矢を番《つが》える。

一人が矢を射かけた。

平九郎は真上に跳躍した。矢は平九郎の下を飛び、背後の敵の胸に刺さった。

「うぐう」

男はうめきながら屋根を転げ落ちた。残る一人はひるむことなく矢を番えた。

平九郎は男の正面に立ちはだかった。男は平九郎の胸に狙いを定めた。二人の間は三間《けん》ほどしかない。この距離ならば、的《まと》を外すようなことはあるまい。

平九郎は腰を落とした。その落ち着き払った所作に敵は戸惑った。しかし、それも束の間、矢を射かけるべく弓弦《ゆみづる》を引き絞った。

が、ここで呼子《よびこ》の音がした。日本橋という江戸を代表する町人地での騒ぎだ。きっと、近所の番屋に知られたに違いない。町方に関わられたのでは厄介である。ここは、退散するしかない。

隈《くま》なく月光と星影が照らす中、日本橋の表通りをゆく。一町程歩いたところで駕籠が見える。周りを侍が囲んでいた。

あいつらだ、と平九郎は直感した。

平九郎は闇に身を潜ませながら後を追った。夜風は凍てつくようで、襟首から忍び寄る。駕籠かきが持つ提灯《ちょうちん》の灯りが人魂《ひとだま》のようでなんとも心細げな風情《ふぜい》だ。

駕籠は神田川《かんだがわ》沿いを進んだ。昼間は菰掛《こもが》けの古着屋が建ち並び大層な賑わいを見せるのだが、今は店が閉じられ、ただの黒い塊でしかない。左手に広がる町屋ももちろん雨戸が閉じられている。

土手の柳が夜風に揺れ、振り仰ぐと三日月が皓々《こうこう》と照っている。やがて、左手の町屋が途切れ関東郡代代官屋敷の長大な築地塀《ついじべい》を見ながら駕籠はゆるゆると進む。屋敷を過ぎたあたりから、いつもなら土手の上には夜鷹《よたか》が現れる。

平九郎は違和感を抱いた。

今晩に限ってその夜鷹の姿が見受けられない。雨でもないのに不思議なことだ。いや、不思議ではない。刺客《しかく》の影を窺わせるに十分である。

案の定、柳森稲荷《やなぎもりいなり》に至ったところで駕籠の前に黒い影が現れた。影は全部で六人。駕籠かきが駕籠を往来に下ろした。影たちはご他聞に漏れず、決まりきったような黒装束である。黒覆面に黒の小袖に裁着け袴《たっつけばかま》、手には大刀を抜いていた。

その中で、一人、巨岩のような男がいる。六尺は優に超えているだろう。他の者たちが大刀を手にしているのに、一人長大な棍棒《こんぼう》を武器としている。まるで弁慶《べんけい》だ。

どうやら駕籠を囮《おとり》とし、平九郎をおびき寄せたようだ。

平九郎は抜刀した。月明かりを受け抜き身は鈍い煌きを放った。巨人が五名に顎をしゃくった。

五人は平九郎に歩み寄って来た。

平九郎は抜刀したまま飛び出した。二人が同時に斬りかかって来た。平九郎は峰《みね》を返し、二人の胴を払った。二人はその場に横転した。巨人は平九郎ではなく駕籠めがけて突進した。

巨人の棍棒が駕籠に振り下ろされた。

駕籠は巨岩に押し潰されたかのようにへしゃげた。

駕籠には誰も乗っていない。やはり、囮であった。

巨人はへしゃげた駕籠の先棒《さきぼう》を両手で摑み、駕籠を頭上でぐるぐると回転させた。

そのまま平九郎の前に出る。巨人の周りを侍が固めた。

巨人は平九郎に向かって来た。駕籠を回し、駕籠で平九郎の身体を砕くつもりだ。

「いざ！」

平九郎は抜刀して斬りかかった。

そこへ巨人が駕籠を投げつけた。

危うく平九郎は避けることができた。

巨人は身体に似合わず敏捷《びんしょう》で、素早く逃走した。

「何やつ」

夜陰《やいん》に消えた巨人。

まるで夢の中の出来事のようだった。

第二章　海防の砦

一

翌四日の昼、直参旗本先手組頭、佐川権十郎《さがわごんじゆうろう》がやって来た。

江戸の大名屋敷には各々に出入り旗本がいる。大名家からすれば、旗本は幕府の動きを摑む貴重な情報源であった。

大内家の場合はこの男、佐川権十郎がその役割を担う。佐川は口達者で手先が器用、市井にも頻繁に出かけているとあって、幕府ばかりか世情にも明るい。時にこうしてやって来ては茶飲み話をしてゆく。茶飲み話には幕閣の動きはもちろん江戸の市中での噂話や流行り物などもあった。

陽気で饒舌ゆえ、人気の噺家、三笑亭可楽《さんしようていからく》をもじり、「三笑亭気楽《きらく》」と呼ばれている。

それを体現しているように絹織りの着物、紫地に金糸で富士《ふじ》と鷹を描いた派手な着物を着流した気儘過ぎる、人を食ったような格好だ。浅黒く日焼けした苦み走った面構えと飄々とした所作が世慣れた様子を窺わせてもいた。

矢代と共に平九郎は協議に入る。

「佐川殿、高峰塾をご存じですか」

平九郎の問いかけに、

「おいおい、おれを誰だと思っているんだい。噂話が大好きな野次馬旗本だぞ」

佐川は目をむいた。

「これは、愚問でした。では、佐川殿、高峰塾につき、お話ししてください」

頭を下げてから平九郎が問いを重ねたため、

「どうした、平さん」

佐川は興味を示した。

平九郎はかいつまんでこれまでの経緯《いきさつ》を語った。

「なるほど、海防、印旛沼開削、貸金会所か……若い老中が考えそうなことだが、その背後には高峰薫堂がいるのかもな。印旛沼開削普請の計画はないようだが、噂は耳にしたぜ。ただ、噂に過ぎないようだったから、大内家には報せなかったがな。ありもしない手伝い普請に右往左往することになりかねんからだ」

佐川の言う通りだ。

印旛沼開削につき、手伝い普請の幕命が下されるかもしれないと耳にすれば大内家の勘定方も金策に奔ることになっただろう。新たな藩札の発行に動いたかもしれないのだ。

さすがは佐川権十郎である。噂話に長けているばかりか、内容の真偽を判別した上で有益な情報をもたらしてくれるのだ。

「高峰薫堂の評判はいかがですか」

改めて平九郎は問いかけた。

「表裏のある男だと評判だな。しかし、何しろ一橋大納言さまの後ろ盾がある。塾には有象無象が集まっているさ。それこそ、仕官目的の浪人、猟官運動の旗本連中、それに、公儀の顔色を窺う大名が家来を送り込んだりな」

なるほど、熊野が言っていたように梁山泊というのもうなずける。

「佐川殿は入門を考えないのですか」

答えは予想できたが敢えて問いかけると、

「おれの柄《がら》には合わないさ」

佐川は右手をひらひらと振った。

そうでしょうね、という言葉を内心に仕舞い、

「わたしは門を叩いてみようと思うのです」

平九郎は言った。

「ま、いくなとは言わないがな」

佐川は感心がなさそうだ。

「試験は難しいのでしょうね」

急に心細くなって平九郎は呟いた。

「四書だの五経だの、経文のような辛気臭い書物を熟読して、よく中味を理解しておかないと入門試験には受からないだろうな。加えて蘭学正書も読みこなせないといかぬぞ。高峰は儒学と蘭学に長けているそうだからな。また、儒学、蘭学を学ぶのでなければ算勘の試験もあるってさ。算盤や算術に長けた者も受け入れられるってことだぜ、そうした者は経世を学べるそうだ……従って、おれには向かない」

がははと佐川は声を放って笑った。

なるほど、竹本は算盤、算術に長けていた。

「四書、五経ですか」

自信がない。

「なんだ、その顔からすると、自信がなさそうだな。それなら、剣術で入門することだ。平さんの腕なら必ず合格するぞ」

さすがは事情通の佐川である。予想外の提案をしてくれた。

「剣術でも入門できるのですか」

それなら合格できそうだ。

ふと思い出したように佐川は両手を打ち鳴らした。

「ああ、そうだ。大曽根は新しい役目を設立しようとしているそうだぞ」

「何ですか」

平九郎も興味を抱いた。

「水軍だ。船団を造作するそうだ」

佐川は櫓を漕ぐ真似をした。

「公儀は大きな船の造作を禁じておりますな」

徳川幕府は水軍に強い警戒心を抱いている。幕府開闢間もない、慶長《けいちょう》十四年（一六〇九）には早くも最初の大船製造を禁ずる法令が出された。二代将軍秀忠《ひでただ》の名で発せられたのだが、大御所として健在であった家康の命令であるのは明らかだ。

家康は豊臣秀吉《とよとみひでよし》恩顧が多い西国の大名を警戒し、五百石積以上の軍船、商船の製造を禁じるばかりか該当する既存の船を没収した。

当初は西国の大名が対象であったが以後全国の大名にたびたび発せられている。そのため、西洋の大船に対抗できる船どころか船団、水軍も存在しない。

幕府も大名も水軍を持たないのが天下泰平を象徴している。

「それを破り、巨大な船を作り、そこに多数の兵を乗せるのだとか。戦国の世の水軍のようなものだな。大曽根の言うのも一理……いや、一理どころか十理も百理もある。海防なんだ。夷敵の船と戦う水軍がいないでは話にならん。漁師を集めても鯨は捕獲できるが、鯨程の船でやって来る夷敵から国は守れんからな」

佐川らしく冗談めかして海防を語った。

ここで矢代が、

「というと、織田《おだ》の九鬼《くき》水軍、毛利《もうり》の村上《むらかみ》水軍のような、大がかりな水軍を大曽根さまは作ろうとなさっておられるのですかな」

と、確かめた。

「おお、それだ。九鬼水軍よ」

段々思い出してきたと佐川は饒舌になった。

こうなると、佐川の舌は止まらない。

「戦国乱世を統一しようとした織田右府こと信長《のぶなが》は、大坂の本願寺《ほんがんじ》相手に手を焼いておった。何しろ、当時の本願寺の巨大さといったら戦国大名以上だったからな」

織田信長の天下統一に立ちはだかった最大の勢力は武田信玄《たけだしんげん》でも上杉謙信《うえすぎけんしん》でもなく、大坂本願寺であった。日本人の半分が門徒であったという浄土真宗本願寺派、通称一《いっ》向宗《こうしゅう》は法主顕如《けんにょ》の下、強力な結束を誇り、大坂からの退去を求める信長を仏敵と断じて徹底抗戦を挑んだ。

一向宗徒は仏敵信長の軍勢と戦って死ねば極楽往生でき、逃げれば地獄に堕ちると信じた。彼らは命を惜しむどころか、進んで身命を投げ出した。死を恐れない軍勢程手強いものはない。

そんな一向宗を相手に信長は情け容赦のない殲滅戦で対抗した。伊勢長島《いせながしま》では二万人、越前《えちぜん》では三万人もの一向宗徒を撫で斬りにしたのだ。

一向宗徒の本拠地大坂本願寺は木津川《きづがわ》、大和川《やまとがわ》を天然の堀とし、堀内には数多の寺内町を抱え、多くの望楼が建ち並び、雑賀《さいか》、根来《ねごろ》などの鉄砲を得意とする傭兵たちが籠った。まさしく寺というよりは巨大な城郭であった。

信長は四方に砦を築き、兵糧攻めを行っていたが、瀬戸内海を天然の運河とした毛利が水軍を使って兵糧を運び込んでいたため、容易には落とせなかった。

兵糧を絶つべく信長は配下に従えた伊勢志摩《しま》の九鬼水軍に毛利水軍の殲滅を命じた。しかし、九鬼嘉隆《よしたか》率いる織田水軍は毛利水軍に敗北した。

「そこで織田右府はだ……」

講釈師のように佐川は声を張り上げた。張扇と釈台があれば、更なる名調子となろう。

絶好調となって佐川は信長が九鬼嘉隆に鉄甲船を六隻造らせ、大坂湾で毛利水軍を迎撃した様子を芝居気たっぷりに語った。

「と、まあ、こんな具合だな」

頼みもしないのに、汗だくとなって佐川は熱演を終えた。

咽喉がからからだとお茶を一口飲んでから、

「そんな織田右府が造ったと伝わる鉄張りの船を大曽根は造作して、江戸の海を守る、と息巻いている。鉄砲、巨砲で武装し、腕のいい漕ぎ手を養うそうだ。こりゃ、高峰薫堂の知恵だ。実際、鉄張りの船は高峰塾で造作するそうだってさ」

と、言い添えた。

「鉄で造作した船が水に浮かぶのですか」

素朴な疑問を平九郎は口に出した。

「浮かぶだろうよ。実際、織田右府は鉄張りの船で毛利に勝ったのだからな」

という説明になっていない佐川の答えを補うように、

「何も船体全てが鉄ではない。鉄張りなのじゃ。織田右府は木でこさえた安宅船の船体を薄く伸ばした鉄の板で覆ったのじゃ。毛利水軍が放つ火矢とか焙烙玉《ほうろくだま》でも船が燃えないようにな」

矢代が言葉を添えた。

佐川は両手を打ち鳴らし、

「そういうことだ」

と、調子よく話を合わせた。

「なるほど、その鉄張りの船があれば、オロシャやエゲレスの船が江戸湾に侵入しても、江戸を守ることができそうですな」

鉄張りの船が平九郎の頭の中で現実味を帯びた。

「大曽根いわく、海防とは水軍である……沿岸に砲台を据えたくらいでは日本は守れない。船団には船団で対抗せねば、ということだな」

賛同するように佐川は何度もうなずいた。

「なるほど、話を聞けばもっともな気がしてきますな」

平九郎も同意した。

「とんでもない金がかかるだろうがな」

何が楽しいのか佐川は笑い声を上げた。

「それはそうでしょうね」

これも異論はない。

「銭金も頭が痛いだろうがな、加えて気持ちの問題があるぞ」

意外な佐川の言葉に、

「気持ちの問題ですか」

平九郎は首を傾げた。

そうだ気持ちだ、と佐川は拳で胸を叩いてから、

「何しろ天下泰平だ。戦どころか真剣を抜いたこともない武士が珍しくはない。そんな武士が陸《おか》の上で戦うのも危ぶまれるというのに、船戦などできるはずがない」

「それはそうですね」

「船酔いして、鉄砲や大筒を放つどころではないぞ」

「では、鉄張りの船を揃えた水軍の構想は机上の空論ということですか」

平九郎が問うと、

「そこで高峰薫堂は船戦のための鍛錬を塾で行っておるのだ」

佐川は言った。

「なるほど、高峰と大曽根は一体となって公儀の政を担っておるのですな」

という平九郎の論評を受け、

「そして、奴らの背後には一橋大納言さまが控えておられるのだ」

佐川は断じた。

「水軍で江戸を守るか……」

平九郎はふと疑問に囚われた。

平九郎の違和感に気づき、

「どうした」

佐川は問いかけた。

「海防……そんなにも重大でしょうか。いや、オロシャ、エゲレスの船が日本の近海を侵しているのを憂うのは、わたしにもわかります。何もしないで見過ごしては取返しのつかない事態になりかねない、というのも理解できます。ですが、オロシャやエゲレスの船はいきなり、江戸湾に侵入してきたりするのでしょうか」

平九郎の疑問に、

「さて、オロシャ、エゲレスの船が江戸湾に侵入し江戸を脅《おびや》かすかどうか、おれには断言はできんなあ。奴らの考えしだいだ。夷敵が江戸を襲うかどうか、大地震や富士の噴火が起きるか起きないか、誰にもわからぬものさ」

佐川は言った。

二

平九郎が、

「わたしが天邪鬼《あまのじゃく》なのかもしれませんが、鉄船、水軍、莫大な費用がかかります。そこには、大きな利権がありますよね」

「どうした平さん、勘ぐっているな。実はな、おれもそう思うのだ。海防の名を借りた利権獲得だってな」

佐川は賛同した。

「大きな企てのような気がしますね」

平九郎は見通した。

すると、

「よし、おれも一肌脱ぐぞ。高峰塾に入門するか」

一転して佐川は高峰塾入門を口に出した。

平九郎が見返すと、

「もちろん、学問では入門しない。武芸部門だ」

佐川は鐺をしごく格好をした。

冗談ではなく、佐川は宝蔵院《ほうぞういん》流槍術の達人である。

「やりましょう」

平九郎は心強くなった。

「近頃、暇すぎて身体がなまっておるからな。ま、暇つぶしでやることではないのだがな」

佐川は快活に笑った。

ここで、家臣が大殿こと隠居した盛清《もりきよ》の来訪を告げた。普段盛清は向島《むこうじま》にある下屋敷に住んでいる。

「相国《しょうこく》殿、金の無心に参られたか」

おかしそうに佐川は手をこすり合わせた。相国殿とは盛清の二つ名、すなわち、「盛清」をひっくり返すと、「清盛《きよもり》」となり、相国入道と称された平《たいらの》清盛に因んで、「気楽」という二つ名のお返しと佐川がつけた。

盛清は悠々自適の隠居暮らしをしているのだが、暇に飽かせて趣味に没頭している。ところが、凝り性である反面、飽きっぽい。料理に没頭したと思うと釣りをやり、茶道、陶芸、骨董収集に凝るという具合だ。いずれもやたらと道具に拘《こだわ》る。

その上、料理の場合は家臣や奉公人など大人数に振る舞い、釣りは幾艘もの船を仕立て大海原に漕ぎだすばかりか大規模な釣り専用の池を造作したりした。特に骨董品収集に夢中になった時は老舗の骨董屋を出入りさせたばかりか、市井の骨董市に出掛けて掘り出し物を物色し、道具屋を覗いたりもした。馬鹿にならない金を費やした挙句、ガラクタ同然の贋物を摑まされことも珍しくはない。

とにかく、金がかかるのだ。

このため、大内家の勘定方は、「大殿さま勝手掛」という盛清が費やすであろう趣味に係る経費を予算として組んでいる。それでも、予算を超える費用がかかる年は珍しくはない。

そんな勘定方の苦労を他所《よそ》に、盛清は散財した挙句、ふとした気まぐれから耽溺した趣味をぱたりとやめる。興味をひく趣味が現れると、そちらに夢中になるのだ。

盆栽に凝っていた時は、自慢の盆栽をしばしば上屋敷に贈って寄越した。決して見栄えのよい盆栽ではない。ありがた迷惑とはこのことで、捨てるわけにもいかず、上屋敷では辟易としていたのだ。それでも、盆栽なら費やす金額も見込めるのだが、さて、今回はどんな趣味を始めたのやら、と平九郎が危ぶむ反面楽しみな気持ちを抱いたところに盛清が入って来た。

盛清は還暦を過ぎた六十二歳、白髪交じりの髪だが肌艶はよく、目鼻立ちが整っており、若かりし頃の男前ぶりを窺わせる。

元は直参旗本村瀬《むらせ》家の三男であった。昌平坂学問所《しょうへいざかがくもんじょ》で優秀な成績を残し、秀才ぶりを評価されて、あちらこちらの旗本、大名から養子の口がかかった末に出羽横手藩大内家への養子入りが決まったそうだ。大内家当主となったのは、二十五歳の時で、以来、三十年以上藩政を担った。

若かりし頃は、財政の改革や領内で名産品の育成や新田開発などの活性化に熱心に取り組み、そのための強引な人事を行ったそうだが、隠居してからは好々爺然となり、藩政には口を挟むことなく、趣味を楽しんでいる。

「清正《きよまさ》、横手誉の売り込み、いかになっておる」

平九郎の顔を見るなり盛清は問い質した。

清正という名は盛清の、「清」を貰った。

一昨年の正月、平九郎は盛清の息子で藩主盛義の野駆けに随行した。向島の百姓家で休息した際、浅草《あさくさ》の見世物小屋に運ばれる虎が逃げ出し、盛義一行を襲った。平九郎は興奮する虎を宥めた。

ところが、そこへ野盗の襲撃が加わった。平九郎は野盗を退治する。野盗退治と虎の乱入の話が合わさり、読売は椿平九郎の虎退治と書き立てた。これが評判を呼び、横手藩大内家に、「虎退治の椿平九郎あり」と流布されたのである。

この時の働きを見た矢代が当時馬廻り役の一員だった平九郎を留守居役に抜擢したのである。また、大殿盛清は虎退治で有名な加藤《かとう》清正を連想し、平九郎を清正と名付けた。当初はあだ名であったのだが、平九郎が留守居役として手柄を立てると自分の名、「盛清」の「清」を与え、椿平九郎義正《よしまさ》から清正と名乗らせた。

平九郎は名実ともに清正になったのである。

「申し訳ございません」

平九郎は頭を下げた。

大内家の名産の清酒横手誉は盛清が藩主の頃に開発された。盛清は思い入れひとしおである。自慢の横手誉を江戸で拡販しようと考えたのも盛清である。

さては、横手誉拡販の督促にやって来たのだろうか。

「ま、よい。焦《あせ》っても仕方がない。良き酒なのじゃ。江戸の者の口にも合う。腰を据えて売り込みに尽くせ」

意外にも盛清は平九郎を追及はしなかった。

不機嫌でもなく、

「なんだ、気楽。相変わらず閑じゃのう」

盛清はからかい半分に語りかけた。

「相国殿、近頃は何に凝っていらっしゃるのですか」

負けじと佐川は問いかける。

「大工じゃ」

盛清は得意そうに金槌を叩く真似をした。

おやっとなって佐川は確かめた。

「大工……犬小屋とかを造作しておられるのか」

「今は犬小屋であるがな、近々にもわしの隠居所の離れ座敷、更にはな、船も造るぞ」

例によって盛清は趣味にのめり込む余り、できもしない壮大な構想を持っているようだ。

「ほう、船を」

ちゃんと浮かぶんでしょうな、と佐川はからかった。

「当たり前じゃ」

不機嫌に盛清は返事をした。

「釣り舟ですか」

更なる佐川の問いかけに、

「まずは、釣り舟じゃな。しかし、それでは留まらぬ。荷舟、それに北前船のような大きなものを造作するぞ。もちろん、わし一人では無理じゃ。よって手助けを求める」

盛清は佐川を見返した。

「駄目だ。おれはとびきりの不器用だからな。船なんてとてもとても」

激しく佐川は頭を振った。

盛清は鼻白み、

「気楽なんぞを頼るものか。ちゃんとした船大工に手伝わせる。わしは、絵図を描くのじゃ」

　と、言った。

「なるほど、それは高尚な趣味ですな」

　皮肉っぽく佐川は盛清に合わせた。

「出来上がったらな、そなたらも乗せてやるからありがたく想え」

　盛清は言った。

　ありがた迷惑とはこのことなのだが、平九郎も佐川も矢代も一様に感謝の言葉を口に出した。

「大工というのは、まことにありがたい仕事であるぞ。特に火事の多い江戸にあっては大工がいなくては暮らしが成り立たないと言っても過言ではない」

　盛清はすっかり大工にのめり込んでいる。

「楽しみにしております」

　つい平九郎も追従を言ってしまった。

　満足そうに盛清は首肯し、

「ところでな、良い材木を探しておるのじゃ」

　と、平九郎に向いた。

「はあ……」

平九郎は生返事をした。

「はあではない。良い材木はな、木場《きば》にも中々ないのじゃ。おお、そうじゃ、清正、明日、一緒に木場の材木問屋に行くぞ。わしが目をつけた良い材木問屋がある」

平九郎の都合など眼中になく、盛清は決めつけた。

材木問屋になど行っている暇はないのだが、盛清には逆らえない。外せない御用があると断っても良いのだが、盛清は不機嫌になり、後々厄介事を押し付けられる。

平九郎を伴うということは、きっと良質だが高価な材木を大内家に買わせようという魂胆であろう。

盛清の魂胆を察しつつも、

「承知しました」

平九郎は平伏した。

横目に佐川が含み笑いを漏らすのが映った。

「相国殿、心当たりの材木問屋、そんなにも良き材木を仕入れておるのですか」

佐川は面白がって尋ねた。

「ある。そこはな、木曽の良質な杉や檜を仕入れておるのじゃ」

盛清は言った。

佐川が、

「そりゃいい。材木はなんと言っても杉と檜ですからな。杉、檜といえば木曽ですぞ。いやあ、さすがは相国殿」

と、おだて上げた。

「そうじゃのう。ま、よい普請には良い材料が欠かせぬ」

訳知り顔で盛清は言い立てた。

矢代は無言だ。

盛清の大工趣味が長続きしないことを見越しているのだろう。

「よし、火事に備え、多めに仕入れておくか」

盛清は言った。

「まずは、現物を確かめるのが先決と存じます」

精一杯の抵抗を平九郎はした。

三

平九郎は盛清のお供で木場にやって来た。

江戸は火事が多い。火事が起きると当然材木の需要が起こる。

江戸幕府開設当初、材木商は八重洲《やえす》に店を構えていたが江戸の町が大きくなるにつれ火事の温床となり、幕府は何度も材木置き場を移転させた。最終的に元禄十四年(一七〇一年)に十五の材木問屋が幕府から深川《ふかがわ》の南に土地を買い受け、材木市場を開いた。これが木場である。

四方に土手が設けられ縦横に六条の掘割と橋が作られた。一帯には材木問屋が店や贅を尽くした屋敷を構え威容を誇っている。潮風の匂いに材木の香りが混じる。

平九郎と盛清は材木問屋木曽屋の店先に立った。創業元禄十四年と屋号が記された屋根看板を見上げ、

「なるほど、屋号からしまして木曽の杉が豊富に仕入れられていそうです」

平九郎が言うと、

「そういうことじゃ」

盛清は応じて、店の裏手に回った。

「大殿、裏などに回られなくとも」

平九郎は訝しんだが盛清は目的があるようで耳を貸すことなく急ぎ足で裏に行く。平九郎もついて行かざるを得ない。

裏は生垣が巡らされた広い庭になっていた。立派な枝ぶりの松が池の周囲に植えられ築山や石灯籠も置かれている。一見して材木問屋と言うよりは高級料理屋といった趣だ。

母屋は材木問屋だけあって檜造りという贅沢さだ。

盛清に気づいた主人と思しき、羽織姿の男が急ぎ足でやって来た。

「伝兵衛《でんべえ》、よい杉が入ったか」

馴染みになったらしく、盛清は気さくな調子で声をかけた。

「大殿さまのお目に適いますか」

揉み手をしながら伝兵衛はぺこぺこと頭を下げ、揉み手をした後、平九郎に視線を向けた。平九郎が名乗ると、

「椿さま……これはこれは、虎退治の椿平九郎さまですか」

伝兵衛は身を仰け反らせ、大袈裟《おおげさ》に驚きと感動を表した。そのわざとらしい仕草に

は却って興ざめしてしまう。

「ならば、早速見ようか。材木置き場に案内をせよ」

気が急いているのか盛清は早口になった。

「ええ、それがですね」

曖昧に伝兵衛は言葉尻を曇らせた。

「なんじゃ、手に入ったと申したではないか」

不満そうに盛清は言い立てる。

「いえ、手に入ったのですが、その……節を取るなどの仕上げにもう少し時を要しまして」

伝兵衛は米搗き飛蝗《ばった》のように何度も頭を下げる。

「途中でもよい。この目で確かめる」

盛清は諦めない。

すると、

「火事だ！」

と、叫び声が聞こえた。

平九郎は周囲を見回した。

「火事だぞ！」

もう一度叫び声が聞こえ、あちらこちらから奉公人たちが近づいて来た。伝兵衛が奉公人たちを呼び、

「大内の大殿さまを安全な場所にお連れしなさい」

と、命じた。

「こちらでございます」

番頭らしき男に先導され盛清は外に出るよう促された。

「落ち着け、半鐘も鳴っておらんではないか」

盛清が言ったところで半鐘が鳴った。木曽屋の火の見櫓で半鐘を鳴らしている。しかも、火の手が近いことを示す早鐘であった。

そこへ、駕籠がやって来た。

伝兵衛が盛清を駕籠に導く。必死の形相の伝兵衛に促され、盛清は不承不承乗り込んだ。

「椿さま、大殿さまを御守りください」

伝兵衛に懇願され、

「ああ、そうだな。しかし、火の手は何処だ」

平九郎は確認しようとしたが、

「今はそんなことより、安全な場所へ……何しろ、木場は材木だらけです。火が回れば大変なことになりますぞ」

伝兵衛は声を大きくした。

「わかった」

ともかく、盛清を安全な場所へ移そうと駕籠の横を伴走した。

母屋の襖が開くのが見えた。

「伝兵衛、なんじゃ、この騒ぎは」

見知らぬ侍である。

「火事のようでございます」

伝兵衛は返事をした。

「何処じゃ」

侍は訝しんだ。

「今、確かめてまいりますので」

伝兵衛が答える。

その間にも盛清を乗せた駕籠と平九郎はは木曽屋から離れてゆく。侍の素性を確かめるゆとりはない。

木曽屋では伝兵衛が侍に向かって、

「大滝《おおたき》さま、どうやら、なんでもございません」

と、笑顔を送った。

「人騒がせなことよ」

大滝は不機嫌になった。

高峰塾の武芸部門を統括する大滝左京《さきょう》介《のすけ》である。

「申し訳ございません」

伝兵衛は詫びた。

「どうしたのだ」

大滝が訊いた。

「少々、厄介なお客さまでいらっしゃいましてな」

言い訳をするように伝兵衛は言った。

「厄介じゃと」

大滝は首を捻った。

「さるご隠居なさったお大名でいらっしゃるのですが、あれやこれやとうるさいのです。素人なのにあれこれと材木について講釈をなさり、そのうるさいことうるさいこと……それに、材木は高峰塾に納めるのが優先ですからな」

うんざり顔で述べ立てた。

「そういう手合いはおるものだな。その者が身分あるとなると、実に厄介だ。気持ちはわかった。で、何処の隠居大名だ」

大滝の問いかけに答えるのを伝兵衛は躊躇ったが、大滝に促され、

「出羽横手藩大内さまのご隠居です」

と、答えてから顔をしかめた。

「ああ、大内のご隠居か。昌平坂学問所きっての秀才と評され、旗本家から大内家に養子入りなさった。傾いた大内家の財政を立て直したそうだ。出来る大名は隠居して趣味に没頭、悠々自適の暮らしだと聞いたが、何故材木を求めるのだ」

大滝は訝しんだ。

「大工仕事をなさっておられるとか」

関心なさそうに伝兵衛は答えた。

「隠居暮らしの暇つぶしか。犬小屋とか文机を造るくらいではないのか。そんな物に

杉や檜を使うとは、いかにも世間ずれしていない隠居大名だな……いや、待てよ。大内盛清は申したように大内家の台所を豊かにしたのだ。世の中を知らぬ馬鹿殿ではあるまい。となると、趣味の域を超えた造作ではないのか」

大滝は疑念を催した。

伝兵衛も真顔になり、

「そう言えば、船をお造りになるとか」

「船か……良質の材木に拘るとは釣り船程度ではあるまい。商い用の船なのか……横手藩大内家は紅花が名産だ。紅花は北前船に積み込まれ京の都に運ばれる。わざわざ、立派な船を造作する必要はないな。大内盛清、一体どんな船を……」

大滝は混迷を深めた。

「高峰先生のように海防を考え、水軍をお造りになるのかもしれません。いや、まさかそんなことはありませんな。御公儀を差し置き水軍を造るなど」

自分の考えを伝兵衛は否定した。

大滝も水軍造作の可能性は否定したが大内盛清への警戒心を抱いた。

「お酒の仕度をさせましょうか」

気晴らしのように伝兵衛は言った。

「無用じゃ、もう、帰る」

「では、お駕籠を用意致します」

「店の前はまずい。裏木戸に回せ」

「かしこまりました」

「それからな、例の企て、そろそろ取り掛かるとする」

「木場の材木問屋に紀州《きしゅう》から大量の材木が届くのは来月の十五日でございます」

「ではその前、十四日がよかろう」

「高峰先生のお役に立てそうです」

「先生に役立つこと、すなわち木曽屋のためだな」

大滝は言った。

程なくして、

「お待たせしました」

と、裏木戸に駕籠がつけられた。

大滝は居間から縁側に出て、やがて駕籠に乗り込んだ。幸い、奉公人の姿はない。

「どうぞ、高峰先生によろしくお伝えください」

伝兵衛は腰を折った。

「うむ」

大滝は腰を上げた。

大滝が駕籠に乗るまで伝兵衛はつき従った。駕籠に乗ると丁寧に腰を折る。

「どうぞ」

平身低頭である。

「うまくやれよ。必ず、そなたの商いは成功する」

大滝は強調した。


「止《と》めよ」

駕籠の中から盛清が大きな声で命じた。駕籠が止まった。垂れが捲り上げられる。

盛清は駕籠から外に出た。

木場を離れ、深川永代寺《えいたいじ》の近くである。

手庇を作り、盛清は木場の方角を見上げた後、

「火事など何処で起きておるのだ」

と、平九郎に語りかけた。

実際、往来は日常の暮らしが繰り広げられている。忙しそうに荷を運ぶ者、楽しそ

うに談笑する者、商家の店先には大勢の客と奉公人たちがやり取りをしている。

平九郎はそのうちの一人を捕まえて、

「火事はどうした」

と、問いかけた。

男二人は顔を見合わせ、

「火事、何処です」

と、問い直した。

「半鐘、聞こえなかったか」

平九郎は問いを重ねたが、

「さて」

男たちは当惑するばかりであった。

盛清は、

「火事は間違っておったのじゃ。よし、戻るぞ」

と、躊躇いもなく言い出した。

「ですが、もう、永代橋の近くまで来ておりますから」

平九郎は今日のところは帰るよう進言したが、

「今日中に求める」

頑として譲らず、盛清は駕籠に乗り込むと木場に戻れと駕籠かきに命じた。駕籠かきは判断を求めるように平九郎を見た。こうなると、盛清はいかなる諫言も耳に入らない。

「木場に戻ろう」

平九郎は駕籠に伴走した。

木曽屋に戻った。

木場一帯は火事どころか小火《ぼや》すら起きていない。みな、忙しそうに働き、川並《かわなみ》たちが歌う木遣り節が寒空に響き渡っている。

盛清は駕籠から出て、

「なんじゃ、やっぱり火事など起きておらぬではないか。伝兵衛め、わしをたばかりおって」

怒り心頭で木曽屋に乗り込んだ。慌てて平九郎も続き、盛清を制して、

「主に会いたい」

と、目に留まった手代に告げた。

手代は、整った身形と横柄な態度からして、盛清を身分ある武士と見たようで、

「ただ今」

と、奥に駆け込んだ。

すぐに伝兵衛が出て来た。

伝兵衛は盛清を見ると、

「ああ、良かった」

と、胸を撫で下ろした。

訝しむ盛清と平九郎を奥座敷へと導き、

「お茶と羊羹だ。羊羹は厚く切るんだよ」

などと奉公人に早口で命じた。

座敷に入ってから、

「いやあ、大殿さまが木場を去ってしまわれたのかと、慌てて追いかけさせたところなのです」

と、言ってから女中が持って来たお茶と羊羹を勧めた。

盛清は不機嫌なまま羊羹をぱくついた。代わって平九郎が、

「火事というのは間違いだったのか」

と、問いかける。

伝兵衛は神妙な顔つきとなり、

「これは、申し訳ございませんでした。あれは、稽古だったのです」

と、言った。

「稽古とは……火事の稽古だと申すのか」

平九郎は訝しんだ。

「さようでございます」

大真面目に伝兵衛は首を縦に振った。平九郎は首を捻りながら、

「火事の稽古とは、火を付ける稽古などしておるのか」

と、これまた大真面目に問い質す。

伝兵衛は右手を大きく左右に振って、

「滅相もございません。火付は火炙りになってしまいます。火を付ける稽古ではなくて、火事が起きたら、家財道具をまとめて逃げる稽古でございます」

「ほう、火事から逃れる稽古か……何故、そのようなことを」

平九郎は興味を抱いた。

「冬はひときわ火事が多い時節です。ここ木場は材木が多く、火事になりましたら、

それこそ、奉公人の命にも関わります。そこで、手前どもでは、ここ数年来、冬場には火事から逃れる稽古をして、火事に備えておるのです」

もっともらしい顔で伝兵衛は言った。

「聞けばもっともと思うが、先程は稽古には見えなかった。早鐘も奉公人たちの動きようも」

平九郎が疑問を投げかけると、

「そうじゃ。あれは、誰も稽古とは思っておらなかったぞ」

盛清も言い立てた。

すると伝兵衛は更に真剣な面持ちとなり、

「それはそうでございます。奉公人たちにはいついつ火事の稽古をする、などとは報せません。知っていれば稽古になりませんので。どうせ、稽古だ、などと思っておっては身が入りませんからな。稽古に身が入らなければ、いざ、本当に火事が起きた時、役に立ちません。武芸でも日頃、真剣を持ったのと同様の鍛錬を積んでこそ、真剣勝負に役立つのではないでしょうか」

伝兵衛に言われ、

「もっともじゃ」

盛清は大いに納得した。

平九郎も一応はうなずいた。

それから、

「では、大殿が注文なさった材木であるが」

と、訪問の本来の用件を持ち出した。

「仕上げはまだですがちゃんと、用意してございます」

と、伝兵衛はご案内致します、と腰を上げた。


材木置き場へとやって来た。

海辺に近いとあって潮風に晒され、寒さひとしおである。川並が歌う木遣り節の声も震えていた。

積み上がった材木もあったが、大半が大きな生け簀に大量の材木が浮かんでいる。

これは、火事になっても燃えないための配慮であった。

伝兵衛はその中の何本かを示して、いつでも大内家下屋敷に納入できる、と言った。

盛清は目を凝らし、材木を見た。伝兵衛は川並にそのうちの一本を鳶口で引き寄せさせた。

盛清に向き、

「お目の高い大殿さまでしたらおわかりと存じますが、木曽でもひときわの銘木でございます。職人どもが、腕によりをかけまして仕上げます。これよりは、節一つない材木に致します」

と、言った。

盛清も満足そうに、

「うむ、さすがは木曽屋、見事な杉じゃのう。わが屋敷に納められるのが楽しみじゃ」

と、納得し、上機嫌になった。

「ありがとうございます」

伝兵衛は丁寧に腰を折った。

平九郎は周囲を見回し、

「生け簀を広げておるのか」

と、問いかけた。

「やはり、木材を火事から守るための処置でございます」

伝兵衛は言った。

「それにしても、随分と沢山の木であるな」

平九郎は大量に浮かべられた杉の木の塊を見やった。

更に、

「杉や檜であるな」

と、高級な材木ばかりであると言った。

「畏れながら木曽屋であるからこその仕入れでござります。これだけの杉、檜は木場にあっても手前どもだけが揃えられます。それは、先祖伝来、現地に足を運び、杣たちとも親しく交流を深めてきた木曽屋の財産でございます」

伝兵衛が言うと、

「まさしく、商いはそうでなくてはならぬぞ。清正、わかったか」

盛清は諸手を上げて伝兵衛を誉めそやした。先ほどは商人の風上にもおけぬ信用ならぬ男だとくさした同じ口である。なんのてらいもなく言い立てるのが盛清らしい。

ふと、平九郎は鉄張りの船を思い出した。

「ところで、船の船体を鉄で覆ったら、その船は水に浮かぶものか」

平九郎の問いかけに伝兵衛は目をしばたたかせ怪訝な表情を浮かべたが、

「それは可能でしょうな」

と、思案の末に答えた。

続いて盛清が、

「織田右府の鉄張りの船じゃな」

と、言い添えた。

平九郎はそうです、と答え、伝兵衛の目が一瞬だが大きく見開かれた。

平九郎に可能かと再度問われ、

「戦に使うならともかく、荷を運ぶには向いておりませんな。多くの漕ぎ手が必要ですし、日数もかかりそうです」

伝兵衛が返すと、

「まさしく、天下泰平にあっては無用の長物じゃな。泰平が続けばじゃがな」

盛清も断じた。

高峰薫堂は戦を想定しているのだ、とは平九郎は口には出さなかった。

四

師走十日、平九郎と佐川は高峰薫堂の塾へやって来た。

平九郎が羽織、袴なのは普段通りだが佐川もさすがにど派手な身形では差し障りを感じたようで平九郎同様に紺地木綿の小袖に仙台平の袴、黒紋付を重ねている。武芸部門に入門を請うため、長柄の十文字鑓を携えていた。

向島にあり、塾と言ってもこぢんまりとした屋敷などではない。四方を練り塀が巡った敷地は、一万坪《なんぴと》はあろうか。ちょっとした大名屋敷並である。

正門は開かれ、何人の立ち入りも自由であった。門から中に入る際にも咎められることはなかった。敷地内には様々な建物があるが、目を引くのは真ん中の高楼である。五重塔程の高さがある望楼であった。

他に大きな講堂があった。

「凄いなあ」

平九郎は啞然とし、しばし佇んだ。

見とれる程の豪邸である。

大川を上り桜餅で有名な長命寺《ちょうめいじ》の先、寺島村《てらしま》の大川端に広がる広大な屋敷である。

高峰はここから屋形船で大川を下り、そのまま江戸城に乗りつけ、いつでも気軽に登城し、将軍徳川家斉や一橋治済の茶飲み話の相手となるばかりか、近頃では老中大曽根甲斐守康明の相談に預かっているのだ。

頭脳明晰で博識さは治済や家斉の無聊の慰みとなった。座持ちが良く、難解な漢籍をわかりやすく語るばかりか江戸市中で評判の芝居や大名が抱える相撲取りの取組、吉原で評判の花魁《おいらん》の噂話、さらには読売が書き立てる下世話な醜聞話まで、飽きさせることがないという。

いつしか、高峰薫堂は、「闇老中」と呼ばれるようになった。

また、高峰邸に関して、有名な逸話が流布している。

あるとき、国元から出府してまもない伊代松山藩の藩士二人が、長命寺に参詣に行った。帰り道、その先まで足を延ばし高峰邸に迷い込んだ。二人は、それを高峰邸とは知らず、広大な庭園が広がる場所とだけ認識した。

二人が庭園の中で迷っていると、立派な屋敷が目に留まった。屋敷の中に入ると女中が出て来た。てっきり料理屋と思い酒を飲んだ。機嫌よく酔い勘定を払おうとすると、女中はお代はいらないと受け取らなかった。その代わり、二人の身元を確認した。

二人は、伊予松山藩の江戸勤番であることを告げ、辞去した。

藩邸に戻ると二人は、江戸というところは、あんな立派な料理屋でただで酒を飲ませてくれるのかと話した。すると、上役がこれを聞きつけ、二人が迷い込んだ料理屋が高峰薫堂の屋敷であるとわかった。

二人は、松山藩士であることを告げてきた。藩邸は大騒ぎとなった。さっそく、江戸留守居役が高峰邸を訪れ、藩士の無礼を詫び、金品を贈ったということである。

これは、高峰がいかに恐れられているかを語るものであるが、同時に高峰邸が開放的な屋敷であったことを示すものだ。

それを示すように門前には茶店が建ち並んでいる。向島散策の者を当て込んだ商いだと思いきや、客の多くは武士だ。

ああ、そうか、と平九郎は思い至った。

幕閣に対する高峰の大きな影響力を頼って塾に入門し、猟官運動をしようとする小普請組の旗本たちだ。時の権力者にすり寄る者はいつの時代でも珍しくはない。軽蔑する気はない。役を得るのと無役のままでは暮らしに大きな違いが生じるのだ。

幕政を担うのはあくまで老中、若年寄などの表向きの幕閣である。従って高峰が幕政に関わることはない。将軍家斉も基本的に幕閣の上申を受け入れ、「よきにはからえ」という姿勢だ。それでも、幕政の決定権は将軍にある。家斉がその気になれば、老中、大老の上申だろうが拒絶でき、自らの政策を幕府の決定にできるのだ。

そして将軍家斉も遠慮する存在が実父一橋治済である。治済と家斉に気に入られた高峰薫堂に表立って意見を言える者は老中にもいない。高峰は幕府の公職に就いていないとはいえ、いや、無職である自由さゆえ、家斉と治済と親しく交わることができるため、老中たちは意見を言うどころか顔色を窺う始末だ。老中の中で大曽根が高峰に気に入られたとあって大曽根の権勢が強まっている。寺社奉行から異例の抜擢を受けたのも高峰の推挙らしい。

平九郎と佐川は正門から足を踏み入れた。入ってすぐ右脇に板葺き屋根の番所が構えられている。縁側に面して大きな座敷が二つあった。二つとも武士で一杯である。腕を組んで思いつめたような表情の者、そわそわと落ち着きを失くしている者、周囲の者と情報交換に勤しむ者、各々思い思いに順番を待っている。

佐川が、

「貴殿らも入門志願か。何処の部門だ。武芸か」

と、右手の鐺をしごいた。

穂先が冬日に鈍く煌めく。

すると、一人が入門試験に来たのではなく、猟官運動だと答えた。どうやら、高峰塾に入門する手間暇をかけるのではなく、直截に役職の世話を依頼している、とわかった。

「それは、御苦労なことですな」

と佐川が告げ、平九郎と一緒に番所の前を通り過ぎようとした。

するると、

「順番がござるぞ」

と、番士から呼び止められた。

猟官運動に来たわけではない、と、言い訳をしようとしたが、番所を管理する高峰家の家臣が出て来て、数字を記された木札をくれた。平九郎が受け取ったのは七十八、佐川は七十九である。

番号札のようだ。七十八番目と七十九番目、果たして夕暮れまでに終わるのだろうかと猟官運動に訪れた者たちに同情してしまう。

「あ、いや、御役目をお願いに来たのではないのです。わたしは大内家家臣、椿平九郎と申しまして、こちらの直参旗本先手組頭佐川権十郎殿と高峰塾に入門すべく試験にやって来たのです」

と、打ち明けると、

「そうでござったか。いや、失礼致した。して、どちらの部門に入門を希望なさるおつもりか」

と、問いかけたが佐川の鑓に気づき、親切にも武芸部門の試験場を教えてくれた。

家臣が指差す先に檜造りの瀟洒な建屋がある。

「承知しました。では、これにて」

歩き出そうとしたところで、

「あの、番号札を」

と、呼び止められ平九郎と佐川は詫びて番号札を返した。

教えられた屋敷に足を向ける。

途中、広大な庭園が広がっている。江戸城の吹上御庭には及ばないものの、国持大名の下屋敷並みの規模と壮麗さを誇っていた。いや、壮麗という点では凌駕している。

冬の日差しにもまぶしい青草の芝生が広がり、季節ごとの花、樹木が競うように植えられ、大小さまざまな形をした庭石、檜造りの数奇屋や茶屋が点在していた。この贅を尽くした庭園の中にあっても、とくに平九郎と佐川の目を引いたのは、

「おい、平さんよ、鶴だぜ。さすがは闇老中さまだな」

佐川が驚嘆の声を洩らしたように、大きな池に生息する鶴だった。

この時代、自邸の庭で鶴を飼うことができるのは将軍だけである。国持大名も御三家も許されないのだ。家斉と治済の高峰薫堂に対する信頼を窺うことができる。

やがて、大勢の使用人たちが現れた。幔幕を巡らせたり、茶屋を掃除し始めたりし

た。

なんらかの宴が開かれるのだろう。

武芸部門の試験所屋敷に到着した。

入門希望者は略装にておいで願いたいと伝えられていたので、平九郎は裃ではなく羽織、袴で来たのだが、ついつい気が引けてしまった。対して佐川は一向に動じていないのはさすがである。

檜の香が鼻孔に忍び入る。

玄関先で頭を丸めた若者が出迎えた。白の道着を身に着け、きびきびとした所作で案内に立った。武芸部門を統括する大滝左京介は不在だが高峰薫堂が書院で待っているそうだ。

若者は佐川から十文字鑓を預かった。

「こいつは畏れ多いこったな、天下無双の学者高峰薫堂先生のご尊顔を拝せるとは……なんだ、ということは高峰先生自らがおれたちの武芸の腕を試験してくださるのかい」

ぺらぺらと捲し立ててから佐川は若者に問いかけた。

「わたしは、ただお二方をお連れするように言いつかっただけですので」

若者は静かに返した。

「闇老中さまは武芸にも長けておられるのか。さしずめ文武両道ってことかな」

若者が答えないのを承知で佐川は語った。武芸の試験をするのか他に用があるのかはともかく、平九郎と佐川に特別な扱いをしているようだ。

その意図はわからないが……。

平九郎は疑念と興味を抱きながら佐川と共に廊下を奥に進む。突き当りの座敷に至ったところで若者は廊下に正座をした。

「高峰先生、大内家の椿平九郎さま並びに直参旗本先手組佐川権十郎さまをご案内致しました」

襖越しに声をかけると、

「お通しせよ」

大きくはないがよく通る太い声が返された。

平九郎と佐川がうなずきを見せたところで、若者は襖を開けた。

広々とした座敷である。左右の土壁には書棚が並べられ、書物が整然と収納されている。

正面は障子が開け放たれているため、陽光が部屋全体に溢れていた。庭には孔雀が放し飼いにされている。目にも鮮やかな羽根を広げ、平九郎と佐川を歓迎してくれているようだ。

唐文机の前に座し、背を向けている男が高峰薫堂であろう。総髪に結った白髪交じりの髪、黒の十徳姿である。男は筆を置くと、こちらに向いた。

細面で細い目、薄い眉、頬骨が張り、学問ばかりか武芸にも秀でている風である。今年、還暦を迎えたと聞いた。

「ようこそ、参られたな。大内家の大殿より椿殿の紹介状は受け取った。わしも存じておる。虎退治の椿平九郎、今加藤清正だとな」

張りのある声で平九郎に語りかけてから高峰は佐川に視線を向け、

「佐川権十郎殿の噂も耳にしておる。宝蔵院流槍術の達人にして風流を解するとか。講釈師のように口達者だそうな」

しっかりと高峰は平九郎と佐川の素性を調べ上げたようだ。

「そりゃ、光栄ですな。こんなはぐれ旗本をご存じとは」

冗談めいた言葉とは裏腹に佐川は慇懃に挨拶をした。

やおら高峰は、

「佐川権十郎、先手組頭の加役、火付盗賊改頭に推挙しようか」

と、持ちかけた。

　佐川は一瞬きょとんとなったが、

「いやいや、おれはその任にあらずです。気遣いのみ頂戴し、謹んでお断り申し上げる」

　きっぱりと断った。

「そうか、ま、よい。無理には勧めぬ」

あっさりと高峰は提案を引っ込めると立ち上がり、隣室と隔てている襖を開いた。毛氈が敷かれ、唐机と椅子がある。

「一つ、面白いものをお目にかけよう」

高峰は廊下に出た。

逆らうこともないと、平九郎と佐川は続いた。屋敷の裏手に出る。渡り廊下で繋がった切妻屋根の建屋がある。周囲に広縁が巡り、屋根を黄金の鳳凰像が飾っていた。厳冬の柔らかな日差しに煌めく鳳凰像は、高峰薫堂その人が訪れる者を睥睨しているかのようだ。

　広縁から中に入る。

広い座敷だ。ふわふわとした織物が敷かれ、高峰からオランダ渡りの毛氈だと教えられた。正面には銀色に輝く西洋の甲冑が飾られている。その両側には西洋の鑓と刀が陳列されていた。

また、部屋の中央に異様な物が置かれていた。木の台に二本の七尺ばかりの柱が立っている。柱の頂には木の板が通され、その下に巨大な刃が備えられている。また、柱の根本にも板が通され、真ん中に穴が繰り抜いてあった。右の柱の頂から紐が垂れ下がっている。

平九郎と佐川は台の真下に立ち、不気味に煌めく刃を唖然と見上げた。高峰が二人の横に立った。

「高峰先生、これは……」

平九郎が問いかけた。

「フランス国で作られた打ち首の道具ですな。ギロチンと呼ばれております。横の紐を引くと、刃が落ちてきて一瞬のうちに罪人の首を落とすのですな。フランス国では三十年程前、民が一揆を起こし、王や王族をこのギロチンで打ち首にしたそうですぞ。いやはや、西洋人は血の気が多いですな」

はははと高峰は笑った。

「これは、本物ですか」

おっかなびっくりに、平九郎は問いかけた。佐川も日頃の饒舌さはなりを潜め、口をへの字にしてギロチンに見入った。

高峰は右手を上げた。白い道着姿の家来が入って来た。大根を三本持っている。高峰が目配せをすると、家来は大根を繰り抜かれた穴に挿入した。

高峰は右の柱に横に立ち、垂れ下がる紐を引いた。直後、刃が落下したと思うや三本の大根は両断された。

平九郎の瞼に大根ではなく人の首が映った。背筋が寒くなり、鳥肌が立つ。横目に映る佐川も同様の光景を思い浮かべているのか頬を強張らせていた。

「いやはや、無粋なものをご覧に入れましたな。では、目の保養を」

にこやかに告げると高峰は隣室に案内した。

広々とした日本間だった。明かり取りの天窓から日輪が覗き、陽光が溢れていた。真新しい畳から藺草《いぐさ》が香り立っている。陰惨なギロチンを見物した後とあって、ほっとした気分に浸った。

床の間には青磁の壺が飾られ、雪舟《せっしゅう》の水墨画の掛け軸が飾られていた。欄間や柱には龍の彫り物が施されている。見事な装飾に違いないのだが、ギロチンの衝撃の前にはさほどの驚きは感じない。実力者高峰の屋敷ならば当然なような気もする。

「ここは夏座敷ですな」

高峰は言った。

「と、申されると夏にしかお使いにならないのですか」

平九郎は首を傾げた。

答える代わりに、高峰は天井を見上げた。柿色の布が覆っている。さては、天井に絢爛豪華な装飾が施されているのか、それが夏にふさわしい涼しげな装いなのかもしれない。

すると、弟子が四人入って来た。四人は部屋の四隅に立った。よく見ると天井の四隅から紐が垂れ下がっている。まさか、ギロチンの刃よろしく天井が落下するのだろうか。

またしても高峰が右手を上げた。

紐が引っ張られた。

「ああっ」

思わず、平九郎は屈み込んでしまった。佐川は腰を落とし踏ん張っている。

天井が割れたのだ……。

いや、天井を覆った布が四つに裂かれ、弟子たちの手に回収された。布が取り除かれた天井は海だった。

透明なギヤマン細工の板が通され、海藻が揺らめき、魚が泳いでいる。鯛、伊勢海老、蛸、烏賊が海底さながらに生息していた。

更には、海女姿の女たちも潜っていた。

驚きの光景であったがそれを凌駕する奇怪で美しいものが泳いでいる。背中まで伸びた長い髪をそよがせて泳ぐ女……と、見える魚である。何故なら美人顔に豊かな乳房をむき出しにした上半身はまごうかたなき人間なのだが、臍から下は鱗に覆われ尾鰭を備えた魚だからだ。

目を見張る平九郎に高峰は言った。

「西洋ではマーメイドと呼ぶ。人と魚の合いの子、人魚ですな。なに、本物ではない。海女に作り物の鱗や尾鰭を着けさせておるのじゃ」

がははと高峰は笑い、夏であれば、いかにも涼しげだと言い添えた。

次いで、

「他にも趣向を凝らした部屋があるが、本日はここまでとしましょう」

高峰は平九郎と佐川を案内し、来賓屋敷を後にした。

来賓屋敷造作に当たって、高峰は人を驚かせると共に西洋の恐怖を意識したそうだ。

誇らしげな高峰だが、平九郎は決して良い趣味とは思えなかった。権勢を誇示した高峰とそれに追従する者によって創り出された悪趣味な屋敷だ。

とはいえ、高峰の力を目の当たりにし、平九郎は強い警戒心を抱いた。

「しばし、待たれよ」

高峰は白い道着姿の若者たちを呼んで何やら指図を始めた。

平九郎と佐川は少し距離を置いた。

「佐川殿、先程高峰先生から火盗改の頭を斡旋されましたな。即座にお断りなさったのは本音ですか」

平九郎が問いかけると、

「ああ、まっぴら御免だ」

佐川は右手をひらひらと振った。

「どうしてですか。火盗改の頭は佐川権十郎向きの役職だと思いますが」

平九郎は首を捻った。

火盗改の頭は旗本先手弓組、もしくは筒組の頭から選任される。本職はそのままの務めであるため加役である。臨時の職務であり、任期は決まっていない。長きに亘って務めた者は安永から寛政年間に辣腕を振るった長谷川《はせがわ》平蔵《へいぞう》宣以《のぶため》くらいである。

他は一年か二年、少ないと数カ月という者もおり、火盗改の頭が付改方頭として設置されてから百六十年の間に二百人を超す頭が任に就いている。

それゆえ、佐川でも務まると言っては失礼だが、堅苦しい役職務めを嫌うのなら一年くらい働いて辞めればいい。しかも、宝蔵院流槍術の腕を存分に振るえるではないか。

平九郎が疑問に思っていると、

「火盗改の頭がな、ころころと代わるのは知っているな」

佐川が言った。

「鬼平《おにへい》こと長谷川平蔵以外は一年や数カ月で交代してきたとか」

平九郎が答えると、

「なら、何故に頻繁に交代するのか知っているかい」

更に佐川は畳みかけてきた。

「さあ」

平九郎は首を傾げた。

佐川は皮肉っぽい笑みを漏らして言った。

「金がかかるんだよ」

「ほう……」

　更に平九郎は混迷した。

　佐川は続けた。

「盗人を捕縛するのには金がかかる。盗人の居場所、行方を追うにはな、奴らが出入りする悪所を束ねる博徒、やくざ者を手なずけなきゃいけない。蛇の道は蛇、盗人や押込みをするような凶悪な連中が潜んでいるのは悪所に関わる奴らが詳しいからな。だから、金がかかるって寸法さ。その上、盗人や火付を捕縛した与力や同心にも褒美をやらないといけないしな」

「だから、長続きしないのですか」

　平九郎はうなずいた。

　佐川は長谷川平蔵が召し捕った盗人について話してくれた。

「早飛《はやと》びの彦《ひこ》って妙な二つ名の盗人だったのだがな、そいつは臥煙《がえん》の頭だった」

　臥煙とは旗本が担う定火消しの下で働く火消し人足である。荒くれ者というかやくざ者と変わらない乱暴者が多いことから江戸の町人には不人気であった。臥煙は乱暴狼藉を働くばかりか火消し屋敷と呼ばれる旗本屋敷で暮らしていることをいいことに博打もやりたい放題であった。

旗本屋敷には町奉行所や火盗改も踏み込めないため、博打や江戸市中で盗みや乱暴を働いても屋敷に逃げ込めば追及を逃れることができる。火消し屋敷にて早飛びの彦は臥煙たちを束ねて盗みを働かせていた。

歴代の町奉行、火盗改の頭が苦々しい思いで早飛びの彦の捕縛を見送っていたが長谷川平蔵は見事にお縄にした。

「長谷川平蔵は早飛びの彦が吉原から千住《せんじゅ》へ行こうとしたところを召し捕ったのだ」

佐川は言った。

つまり、火消し屋敷の外であれば捕縛可能なのだ。

「つまり、鬼平さんはな、日頃から博徒たちを手なずけていたのさ。自邸に大釜を用意して炊き出しをやっていた。そこには賭場ですっからかんになった博徒たちが飯にありつきに来た。鬼平さんは博徒連中から早飛びの彦の動きを知ったのさ」

大したお方だ、と佐川は長谷川平蔵を賞賛した。

「長谷川平蔵はどれくらい火盗改の頭を務めたのですか」

「八年程だな。気の毒に、頭を辞してすぐに病で亡くなった。きっと、心労が祟ったんだろうな」

「そんな長い間、火盗改の頭がよく務まりましたね……あ、いや、金がかかるのでしょう」

平九郎が問うと、

「鬼平さんは銭相場で儲けていたそうだ。投機の才覚があったんだろうな。おれにはとっても真似できないよ」

佐川は自分の額を手で叩いた。

「なるほど、火盗改の頭がどれだけ大変か……盗人捕縛の過酷さと銭金がかかる、ということがわかりました。勉強になりました」

平九郎はお辞儀をした。

「お上もそんなことは承知だ。だから、火盗改の頭を務めた者は遠国奉行にするのさ」

佐川は言った。

遠国奉行とは幕府直轄地の町を治める奉行である。長崎奉行、山田《やまだ》奉行、堺《さかい》奉行、大坂町奉行、京都町奉行である。遠国奉行は赴任地の有力商人と繋がりができ、付け届けが欠かさず行われる、つまり役得に恵まれたうま味のある役職であった。

大坂町奉行、京都町奉行を無事務めあげれば江戸に戻り、勘定奉行、さらには町奉行へも昇進できる。

「おれはな、正直言って、火盗改の頭になって身銭を切るより、その後の遠国奉行に成りたくはないんだよ」

佐川は苦い顔をした。

「江戸を離れたくないのですね」

平九郎が言うと、

「その通りだ。加えて、民政を担うなんておれの柄じゃないしな」

佐川は大声で笑った。

内心で平九郎も強く同意した。

第三章　企《たくら》みの巣窟《そうくつ》

一

唐机のある応接間に戻った。

高峰薫堂は椅子に座ると向かい側の席を勧めた。勧められるまま平九郎と佐川は座す。己が力を見せつけ、満足そうな高峰に平九郎は尋ねた。

「高峰先生が一橋大納言さまの御屋敷に住まいなさっておられるのは、いかなるわけでございますか……あ、いや、高峰先生が一橋大納言さまの厚い信頼を得ておられるからでしょうが、信頼を勝ち取ったのはいかなるわけでしょう。無礼を承知でお訊きしたいのです」

機嫌を損じるかと思ったが意外にも高峰は誇らしそうに語った。

「まず、大納言さまは大変に聡明なお方である。聡明であられるばかりか、様々な知識を得ることに貪欲じゃ。加えて、昨今の西洋諸国の船が日ノ本の近海を侵しておることに危機意識をお持ちじゃ。むろん、公儀も海防に関しては手を打っておる。しかし、幕閣の方々は西洋の事情に疎《うと》い。その点、わしはオランダばかりか、エゲレス、オロシャ、フランスの言葉を解するゆえ、西洋の軍備、文化、暮らしの実状がよくわかっておる。敵を知り、己を知れば百戦危うからず、じゃ」

海防を憂う一橋治済は西洋の事情に通じた高峰を信頼したということだ。

「失礼ながら、高峰先生はオランダの言葉ばかりか、他の西洋諸国の言葉をいかにして習得なさったのですか」

この問いかけにも、高峰は躊躇うことなく答えた。

「わしは僧侶の出じゃ。若い頃、大きな声では申せぬが清国《しんこく》に渡った。香港《ほんこん》、広東《かんとん》で過ごし、更に安南《あんなん》、天竺《てんじく》にも仏典を求めて出向いた。その間、エゲレスやフランスの商人どもと交わり、言葉を覚えたのじゃ」

高峰は二十歳から四十歳までを清、安南、天竺、スマトラ、ボルネオ、ルソンで過ごし、オランダ船に乗って帰国したそうだ。帰国後、江戸で蘭学塾を開き、蘭学ばかりか西洋の戦、軍備を講義した。たちまち、評判となり、大勢の門人が集まる。

更には評判を聞きつけた蘭学好きの大名、彼らは、「蘭癖《らんぺき》」と揶揄《やゆ》されたがその中に薩摩藩主島津重豪《しまづしげひで》がいた。重豪は一橋治済と懇意《こんい》にしており、その縁で治済の知己《ちき》を得たのである。時に高峰薫堂五十五歳であった。

還暦を迎えた今年、高峰は生涯の集大成として海防に身を捧げるのだと言った。

高峰の履歴を聞かされ、佐川は手で膝を打って、

「こりゃ、恐れ入谷《いりや》の鬼子母神《きしもじん》ですな。いや、実に大したものです。唐土《もろこし》や天竺、ルソンやスマトラを股《また》にかけての修行、学問習得とは恐れ入りました。先生の話を聞きましたら、江戸でちまちまと暮らすのが嫌になりますな」

と、いつもの調子で賛美をした。

満更でもなさそうに高峰は微笑んだ。

そこへ、女中たちがお盆を両手で携えて入って来た。女中たちは揃って矢羽根《やばね》模様の小袖に紅色の帯を締めていた。西洋の彩《いろど》り鮮やかな茶器にカステラ、それに、平九郎の知らない菓子が小皿に載っている。佐川は興味津々の目で見知らぬ茶菓子を見やった。

家来が西洋の急須《きゅうす》から取っ手の付いた西洋茶碗に、紅い色をした茶を注いだ。

「ご両所は西洋の茶を飲んだことはござるかな」

鷹揚に高峰が問いかけてきた。

「いいえ、ござりませぬ」

平九郎が返事をしてから、

「おれも初めてですよ。へ～え、西洋人は血の色をした酒を飲むと聞いたが、お茶も紅いのを飲むのですな。西洋人は赤が好きなのか、それとも血の気が多いのか……」

佐川は面白がった。

高峰はおもむろに、

「紅茶と呼んでおる。ちなみに、血の色をした酒はワインと呼ぶ。赤いワインもあれば白いと申すか、ごく薄い黄色がかったワインもある。葡萄《ぶどう》から作る酒でな、葡萄の色によって赤と白のワインができる。わしは、西洋菓子を食する際には日本茶ではなく紅茶を所望《しょもう》する」

と、説明してくれた。

合戦《かっせん》や軍備ばかりか西洋の食文化にも精通していることを誇りたいようだ。平九郎は黙って聞いていたが佐川は何か話したくてうずうずしている。

高峰は佐川を制するように続けた。

「紅茶には西洋菓子が合う。西洋菓子を食しながら飲むと、菓子と茶の味わいが高まるのじゃ。さあ、飲め。砂糖を入れるのもよい。紅茶の味がぐんと引き立つぞ。それが、日ノ本のお茶との違いじゃな。西洋人は味の濃い食べ物、飲み物を好むのじゃよ。はははは っ」

何がおかしいのか、高峰は大笑いをした。

次いで、お茶受けに西洋菓子を勧める。

ここで佐川が、

「カステラは食したことがあるが、こちらの菓子は見たこともないな。カステラの一種ですか」

と、しげしげと菓子を見た。

平九郎も真っ白な西洋菓子に興味をそそられた。菓子は小皿に盛られ、黒文字《くろもじ》が添えてある。

「この白いのは凝乳《ぎようにゆう》じゃ。凝乳に包まれた西洋の饅頭じゃな。西洋ではケーキと呼んでおる」

賢《さか》しら顔で解説を加えると、高峰は黒文字で西洋饅頭を食べやすい大きさに切り裂いた。次いで、黒文字の先を刺し、口へと運ぶ。もぐもぐと咀嚼《そしやく》する唇にはべっとりと凝乳が付着した。飲み込むと懐紙《かいし》で口を拭く。

佐川は食い入るようにその様子を見ていたが、

「乳か……乳はどうもな。赤ん坊の頃に飲んだきりでどんな味だか覚えていない」

と、気味悪がり、「平さん」と小声で平九郎の脇腹を肘で突いた。平九郎に味見というか毒味をさせる気だ。平九郎も遠慮したかったが高峰に促され、見様見真似でケーキこと西洋饅頭を黒文字で切って食べてみた。

息を殺し、嚙まずに飲み込もうとしたが菓子は口の中でかさ張り、飲めるものではない。仕方なく咀嚼をする。

と、甘い……。

なんという甘さだ。しかし、餡子《あんこ》の甘さではない。濃厚な乳に大量の砂糖を加えたような。その上、口の中がねばねばとする。これは確かに紅茶が合いそうだ。

熱い紅茶を飲むと、口中でケーキの甘味と紅茶の苦味が溶け合い、お互いの味が引き立った。

西洋を味わったような気がした。

つい、笑みをこぼした平九郎を見て佐川も西洋饅頭を一口食べた。

たちまち、

「おお、これはなんというまろやかさ。甘露さだ。餡子や砂糖よりも甘いんじゃないのか。悪く言えばしつこい甘さだが、これくらいの濃厚さがないと西洋人の馬鹿でかい身体は維持できないのかもな」

と、佐川は感心し、むしゃむしゃと、西洋饅頭を食べ続けた。

世の中には平九郎の知らぬ食べ物がある。しかし、外国との窓口は長崎という限定された地、しかも外国人と接することができるのも限られた者たちだ。外国人といっても、長崎を訪れるのはオランダ、清国だけだ。世界には様々な国々がある。料理や酒、菓子も無限に存在するのだ。

紅茶とケーキを食べただけで、この世の深遠さに思いを巡らせてしまった平九郎に対し、高峰は日常の出来事に過ぎないような余裕で、

「どうじゃな」

と、問うてきた。

「美味です。食《く》わず嫌いはよくないですな。と、申しても、このような珍らかな菓子と紅茶など、まず、わたしの口には入らぬと存じますが」

平九郎は謙虚な姿勢を見せた。

「気に入ったのなら、土産に持たせよう」

鷹揚に高峰は言った。

佐川はうなずいたが、

「お気遣い、恐縮申し上げますが、無用でござります」

平九郎が断ったため、横を向いた。

「遠慮は要らぬ」

「遠慮ではなく、役目ではなく私事で飲み食いするものは、自腹を切ると決めておりますので」

丁寧な物言いながら、毅然《きぜん》と平九郎は重ねて断った。そうかと平九郎の言葉を受け入れ、高峰もそれ以上は勧めなかった。せっかく自分をもてなしてくれた高峰の気分を害したのかもしれないと、平九郎は話を変えた。

「それにしましても、猟官嘆願者の方々、大勢訪れていらっしゃいますな。果たして、その日のうちに高峰先生と面談が叶うのでしょうか」

高峰は破顔して答えた。

「わしの身体はひとつじゃ。嘆願の者全てに会うわけにはいかない。嘆願の者の面談を行う家来がおるゆえ、その者が各々の釣り書を受けとり、希望を聞き、面談する。その結果、気に入った者のみをわしが面談するという次第」

「なるほど、そういうことですか。そうでなければ、おっしゃったように高峰先生のお身体がいくつあっても足りませぬな」

平九郎が納得すると高峰は声を放って笑った。

すると、襖が開き、数人の若者が入って来た。

手には包丁を持っている。みな、殺気だった目で平九郎と佐川を睨んだ。まさか、この場で平九郎と佐川の命を奪おうというのか。

佐川は立ち上がり身構える。

庭には木の台が運ばれて来た。台には大きな魚が横たわっている。三尺に余る立派な鮟鱇《あんこう》だ。

台の上に木の枠が設けられ、糸で鮟鱇が吊るされた。包丁を持った一人の若者が庭に下り立った。

「まあ、急いでお帰りになることもあるまい。弟子の包丁さばきを見てやってくだされ」

高峰は言った。

弟子たちは包丁を手に平九郎を睨んだ。包丁が不気味な煌めきを放った。高峰に逆らう者は容赦しないという気迫に満ちている。弟子たちの殺気を恐れたわけではなく、彼らの実力の程が知りたくなった。

「拝見、致しましょう」

平九郎と佐川は庭に降り立った。

すると、高峰の弟子たちばかりか侍たちも庭にいる。猟官運動にやって来たうち、面談に至った者たちだそうだ。彼らも見物を許されたのだろう。

「存じておろうが、鮟鱇は頭と骨以外、捨てるところがない。肝《きも》も目の玉も全てが食せる。まことに、ありがたい魚じゃ」

高峰が言い、門人の一人が一礼してから鮟鱇に向かった。力士のような大柄な男だ。筆頭弟子暁栄五郎だと高峰が紹介した。

が、暁は武芸者然とした風貌とは違って包丁の操り方は迅速《じんそく》にして果敢《かかん》だった。

こいつ……。

夜の日本橋で襲撃してきた連中の中にいた巨人ではないか。黒覆面で顔を隠していたが、背格好を見れば間違いない。真っ黒な装束から今日は真っ白な道着姿となっているが、同一人物であろう。

何よりも全身から漂う獰猛《どうもう》な獣の雰囲気がそれを示している。

刃傷沙汰《にんじょうざた》と調理という水と油のような行為ながら暁栄五郎には矛盾しないのではないか。

暁は包丁を巧みに操り、両の鰓《えら》を切ると皮を剝ぐ。次いで、鰓を切る。ここで一呼吸置くと肝、胃袋、卵巣、そして最後に身を切り取った。

一瞬の淀《よど》みもない鮮やかな手並みであった。

吊るし切りを終え、暁は心なしか得意げな顔で高峰に一礼し、

「おれにかかればどんなものでも料理できますぜ」

と、語りかけた。

どんなものでも料理できるとは、平九郎も料理してやる、つまり刀の錆《さび》にしてやるぞ、という気持ちが秘められているに違いない。

あの夜の一件を問い質そうかと思ったが、証拠はない。それに自分を襲ったのは高峰の命令であろう。ここは高峰の狙いを探るのが先決だ。

「暁の手並み、いかがかな」

高峰に問われ、

「お見事ですな。さすがは、高峰殿のお弟子だと感服《かんぷく》致しました」

平九郎は一礼した。

「貴殿もさばいてみぬか」

不敵な笑みを浮かべ高峰は言った。

「いえ、わたしは、遠慮致します」

平九郎が返すと、

「ならば……」

高峰の物言いは尊大となった。師匠に影響されてか、弟子たちも品定めするかのような目つきとなっている。

すると、荷車が引かれて来た。

数人がかりで引いてきた荷車の荷台は大きな筵《むしろ》が掛けられている。

「なんだ、こりゃ」

佐川が荷車に近づいた。

そこで凄まじい獣の咆哮《ほうこう》が聞こえた。思わず、佐川は指を耳の穴に入れた。

門人が筵を引っ張った。

檻《おり》が現れ、中で虎が吠えている。

「椿氏《うじ》、虎退治をやってくれ」

高峰は言った。

二

紺の道着に身を包んだ男たちがやって来た。彼らは鉄砲を持っている。

「ご冗談を」

平九郎は笑い飛ばした。

「冗談ではない。これはわが塾へ入門するための試験である」

試験を建前《たてまえ》にする高峰に腹が立った。

「わたしの剣術は見世物ではないと思います」

平九郎が言うと、

「できぬと申すか。虎退治は嘘偽りとまでは申さぬが、読売が大袈裟《おおげさ》に書き立てただけなのか。退治したのは虎ではなく、大きな猫であったのではあるまいな」

高峰の言葉に門人たちは笑い声を放った。

ここで佐川が、

「よかろう。おれが退治してやる。預けた鑓をくれ」

佐川は高峰に言った。

「貴殿は試験無用じゃ」

高峰は右手をひらひらと振った。

「試験も受けさせずに不合格ということか。そりゃないな」

両手を広げ佐川は苦笑した。

「不合格なんぞであるものか。諸手を挙げてお迎えする。佐川氏が宝蔵院流槍術の名手と耳にしておるのでな。試験など無用。しかるに椿氏の腕は虎退治などといういかにも眉唾《まゆつば》もの。いや、眉唾と決めるのは失礼であるな。ならば、是非ともこの目で確かめたい」

高峰は佐川から平九郎に視線を移した。

佐川が、

「腕を見るのに虎でなくともよかろう。せっかく道着を身に着けた屈強なる若者がやって来たのだ。鉄砲を木刀に持ち替えて椿平九郎と勝負をすればよかろう」

と、道着姿の連中を見回した。

すると、高峰は苛立《いらだ》ちを示した。

「要するに口先だけの男だな。要領よく立ち回って留守居役の大任を得たのであろう」

高峰の言葉を受け、

「ここまで言われ、すごすごと逃げ帰っては、武芸者ではありませんな。先生、入門を断りましょう」

暁が罵倒《ばとう》すると門人たちも爆笑した。

道着姿の侍たちも追従笑いを送る。

「最後の頼みじゃ。虎退治をして見せてくれ……なに、椿氏が食われることがないよう、危うくなったら鉄砲を放つ」

高峰は道着の侍たちを見やった。侍たちは鉄砲が放たれるよう準備をした。

平九郎の目が凝らされた。

温和な表情がなりを潜め、眼光鋭い、孤高《ここう》の武芸者のような顔つきとなる。背筋もぽんと伸ばされ、高峰と門人たちの目を跳ね飛ばすような気迫を漂わせている。

「よろしいでしょう。虎と戦います。但し、ひとつ願いを聞いて頂きたい」

高ぶる感情を押し殺し、平九郎は告げた。

高峰は平九郎を睨み返した。暁や門人たちも目を凝らし、口をへの字にして平九郎に注意を向ける。特に暁の形相は凄まじく、陽光にてかる頭から湯気を立てんばかりだ。

「聞き届けよう。申せ」

眼光鋭く目を凝らし高峰は言った。

「たとえ、わたしが食われようと、虎は殺さないで頂きたい。虎とて生き物だ。殺《せっ》生《しょう》はよくない」

平九郎の申し出に高峰は両目を開き、

「よかろう」

高峰は道着侍に合図をした。彼らは鉄砲を地べたに置いた。門人たちはこのままでは帰さないぞという気迫を漂わせている。

平九郎は荷車に歩み寄った。

荷車に乗り、檻の戸を開けた。

虎が平九郎を睨む。

涼しい顔で平九郎は返す。

虎は平九郎を威圧《いあつ》しようとしてか口を開けて吠え立てた。耳をつんざく咆哮と鋭い牙が平九郎を恐怖に陥《おとしい》れる。確かに藩主盛義を助けるために虎と相対したが、決して慣れるものではない。

ただ、あの時の経験で恐れを見せてはならない、あくまで落ち着いた所作で虎と対《たい》峙《じ》するのだ、と自分に言い聞かせる。

平九郎は音もなく抜刀すると、ゆっくりと大刀の切っ先で八の字を描き始めた。

虎は吠え続け、今にも飛びかからんばかりだ。

切っ先で八の字を描きながら平九郎は表情を柔らかにした。つきたての餅のような白い肌が薄っすらと赤らみ、紅を差したような唇が艶めく。

すると虎の目がとろんとなり、咆哮が止んだ。

見物する高峰たちには見えないが、虎の眼前にはインド奥地の密林が広がり、川のせせらぎが聞こえている。野鳥の囀《さえず》りを耳にし、燦々《さんさん》と降り注ぐ強い日差しに目が細まった。

平九郎は大刀を鞘に納めた。

虎は猫のように大人しくなっていた。

「横手神道流《しんとうりゅう》、必殺剣《ひっさつけん》朧月《おぼろづき》」

と呟いてから、悠然と檻から外に出た。

「見事なり！」

高峰が絶賛すると弟子たちも賞賛の声を上げた。

平九郎は誇ることなく一礼してから、

「暁殿の鮮やかなお手内を拝見し、そのお返しを致しましょう」

と、自分も鮟鱇の吊るし切りを披露したいと願い出た。

平九郎と虎との対峙の余韻《よいん》が残る中、

「よかろう」

高峰は応じ、弟子たちに鮟鱇を持って来させた。

鮟鱇が吊るされると平九郎は前に立った。

じっくりと鮟鱇の部位を見る。頭の中でさばく手順を考える。弟子たちの中には薄笑いを浮かべる者もいた。いくら武芸に秀でていても、鮟鱇を切りさばくのは別だ、侍に料理人のような包丁さばきができるものか、と見下しているのだろう。

弟子たちとは違い、暁は平九郎の一挙手一投足までも見落とすまいと、小さな目を凝らしている。

「包丁を」

高峰は弟子に命じ、平九郎に包丁を持っていかせた。

「無用です」

きっぱりと断り、平九郎は鮟鱇を見続けた。

手順が整ったところで、

「うむ、美味そうだ」

平九郎は羽織を脱ぎ、台に置いた。

次いで、舌でぺろりと唇を舐めると脇差を抜く。鈍い煌めきを放つ刃は十分に研《と》がれた包丁のようだ。

平九郎は小袖を片肌脱ぎにした。

おっとりとした容貌には不似合いな、逞《たくま》しい上半身が露《あら》わになった。

桶から大柄杓《おおびしゃく》で水を汲み、鮟鱇の口から流し込む。六度、繰り返すと口から水が溢れ出た。

直後、平九郎は迅速にして果敢に脇差を振るった。電光石火《でんこうせっか》、脇差が目にも留まらぬ速さで動くや、顎から皮を剝いでゆく。あっと言う間に皮が剝ぎ取られると盤台《はんだい》に入れる。続いて口の周りの身を裂いてゆく。

鮮やかな包丁捌きならぬ脇差捌きが繰り広げられ、暁に勝《まさ》る速度と正確さで鮟鱇はばらばらにされた。

一同、呆気《あっけ》に取られる中、平九郎は脇差を鞘に戻し、

「鮟鱇鍋、さぞや美味いでしょうな」

と、独り言のように呟いた。

門人たちは口を閉ざし、暁はにんまりとした。料理するにふさわしい男だと、平九郎を認めたようだ。

見物の侍たちは息を呑んだ。彼らの目には、包丁さばきというより、脇差を巧みに操った平九郎の武芸者ぶりが際立《きわだ》ったようだ。

「先生と我らを侮《あなど》りおって」

弟子の一人が顔を歪《ゆが》ませ、平九郎に迫ってきた。

「侮られたと思われたのなら、精進なされればよいではありませぬか」

あくまで冷静に平九郎が諭《さと》す。

「もう、我慢がならん」

暁は包丁を頭上に掲げた。

ところが言葉とは裏腹に殺気だってはいない。本気で平九郎に危害を加える気はないようだ。

「包丁を人に向けてはなりませぬ。料理人、包丁人の基本ではござらぬか」

ちらりと高峰に視線を向ける。

高峰は素知らぬ顔をしている。暁たちは平九郎を囲んだ。

が、

「やめよ」

野太い声で高峰は命じた。

暁が弟子たちを平九郎から遠ざけた。

侍たちの目を憚ったようだ。

「入門をさせて頂けるのでしょうか」

平九郎が確かめると、

「むろんのことだ」

高峰は応じた。

「高峰先生、お聞かせくだされ。何故、我らに特別な扱いをなさったのですか。西洋の打ち首の道具を見物させ、西洋の菓子でもてなしてくださったのはどういう次第ですか。入門を請う者、全てに我らのようなお気遣いをなさってはおられますまい」

平九郎の疑問に佐川も、「そうだ」と同調した。

高峰は笑みを浮かべ、

「お二方を見込んでのことじゃ。わしは御老中大曽根甲斐守殿から海防について相談に預かっておる。海防の要《かなめ》となる水軍の指揮を執れる人材を育成したい」

と、言った。

「わたしには水軍の指揮など執れませぬ。巨船の漕ぎ方も知りませぬし、大筒を放ったこともありませぬ。学ばぬ前から諦めているのではありませぬ」

平九郎が返すと、

「船を漕ぐのは水夫《すいふ》どもじゃ。そもそも、今の世に船戦を経験した者はおらぬ。お二方の武芸の技量は申し分がない。高峰塾で船戦を学べばよい。村上水軍、九鬼水軍の軍略についてわしが講義をする」

鷹揚に高峰は言った。

「では、本日のところはこれにて失礼します」

平九郎は高峰に一礼した。

門人の一人から佐川は鑓を受け取り辞去の挨拶をした。立ち去ろうとした時、平九郎の前に男が立った。

高峰が、

「武芸部門を統括しておる大滝左京介だ」

と、紹介した。

平九郎と佐川は大滝に挨拶をした。

「大滝左京介でござる」

名乗ると大滝は一礼した。

次いで平九郎と佐川を交互に見て、

「頼もしいお二方に入門頂き、心強うござる。塾生どもを厳しく御指南くだされ」

と、言った。

「任しときな。びしびしとしごいてやるよ。音《ね》を上げても容赦しないからな」

佐川は高らかな笑い声を放った。

「望むところでござる」

大滝は真顔で返した。

平九郎は佐川を促し、帰ろうとした。それを高峰が止め、

「横手誉、大変に美味であるそうな。是非にも賞味したいものじゃ」

盛清が聞いたら喜びそうなことを言った。

「藩邸から高峰塾に届けさせます。大内家では上方の清酒にも引けを取らぬと自負しております」

平九郎は心持ち胸を張ったものの、高峰が大内家の内情に通じていることに恐れと警戒心を抱いた。

「わしの口に合ったら、江戸での拡販を手助けしてやってもよいぞ」

あくまで高峰は高慢な態度で恩着せがましく言った。

「まずはご賞味くだされ。酒問屋への売り込みは大内家で努力致します」

高峰に取り込まれてはならじ、と平九郎は丁寧な口調で断った。

三

高峰塾からの帰り道、

「あの男……」

首を捻りながら平九郎は呟いた。

「どうした、平さん」

佐川は足を止めた。

「大滝左京介です。大殿と木場を訪ねた時、木曽屋にいたのです」

平九郎も立ち止まり佐川に向いた。

「ほう、木場の材木問屋にか」

佐川も関心を示した。

平九郎は火事騒ぎを含め、木曽屋での出来事を語った。

「火事の稽古な……」

　佐川は訝しんだ。

「ひょっとして、高峰の意を受けた大滝が火事の稽古指南をしているのかもしれませんね」

　平九郎の考えに、

「きっとそうだろう。それにしても火事の稽古とは念の入ったことだ。いや、これは役立つな。高峰がやらせているとしたら、高峰は学者としてばかりか軍師としても秀でておるのかもしれん……いやいや、たとえそうであったとしてもおれには胡散臭《うさんくさ》い年寄りに見える。海防も水軍も高峰塾も何か裏があると勘繰りたくなるぜ」

　高峰に対し、一旦《いったん》は高い評価を口に出した佐川であったが、結局怪しい男だと結論付けた。平九郎も同じ思いだ。

「木曽屋と高峰薫堂は懇意にしているのですかね」

「懇意にしておるのさ。高峰塾には立派な建物がいくつも建っているじゃないか。きっと、木曽屋から良い材木を買っているんだろう」

「ひとつ気になることがあるのですよ」

　改めて平九郎は言った。

佐川は黙って話すよう促した。

「高峰は海防の重要性を声高に言い立てております。西洋の事情に通じた高峰が唱える海防の要は鉄張りの船を中心とした水軍です」

平九郎の言葉に、

「織田右府の鉄張りの船だな」

佐川はうなずいた。

「鉄張りに限らず大きな船を造作するには良い材木が必要ですから、木曽屋と親しくなるのはわかります。ただ、木曽屋の主人、伝兵衛は鉄張りの船にはあまりいい顔はしていなかったのです」

平九郎は疑問だと言い添えた。

「高峰薫堂、本気で鉄張りの船を造る気のようだがな……木曽屋の伝兵衛は乗り気ではないということか」

佐川も疑問を呈した。

「鉄張りの大きな船を動かすには大勢の水夫が必要ですが、高峰塾では水夫の養成をしているようには見えませぬ」

平九郎が指摘すると、

「そういやあ、そうだな」

佐川は顎を掻いた。

「漕ぎ手は雇い入れるということですかね」

平九郎の考えに、

「そうかもしれぬな」

判断がつかないようで、佐川は平九郎の考えに異論を唱えなかった。

「鉄砲や大筒は塾に備えていて、鍛錬もしているようですがね」

「高峰薫堂、こりゃ案外、本気で西洋諸国と戦をする気なのかもしれんな。おれは、高峰は海防を看板に掲げて金儲けをしようとしているのだと睨んでいたが、案外本気なのかもしれんな」

またしても佐川は高峰への評価を変えた。

高峰薫堂という男の摑み所のなさを物語っている。

「西洋と合戦ですか」

平九郎は判然としない思いに駆られた。

藩邸に戻り、平九郎と佐川は矢代に報告をした。

「これで、高峰の狙いを探ります」

平九郎が言うと、

「大曽根甲斐守は高峰の傀儡《かいらい》のようなものか」

矢代が言うと佐川が答えた。

「まさしく傀儡もいいところさ。高峰が厄介なのは一橋大納言さまの信頼を得ているということだな。だから、若い老中を操ることができる。まさしく闇老中だぜ」

「まさしく」

矢代も賛同した。

そこへ、盛清の来訪が告げられた。


程なくして盛清がやって来た。

近習《きんじゅ》が大きな球体を抱えている。表面に地図が描かれ、真ん中を軸が貫き、くるくると回すことができた。

「おお、気楽もおったか。丁度よい」

盛清は球体を平九郎たちの前に置かせた。

「これはな、この世を描いた絵図じゃ。地球儀と申す」

得意げに地球儀を盛清は指差し、

「この世は丸いのじゃ」

自慢そうに言う。

平九郎が黙っていると、

「清正、日ノ本は何処かわかるか」

と、訊いてきた。

平九郎は膝でにじり寄り、地球儀の側に寄ると小さな島を指差した。

「うむ、そうじゃ。日ノ本はこのように小さな島じゃ」

盛清は言った。

続いて、

「気楽、オロシャは何処だ」

と、盛清は佐川に問い質した。佐川は立ち上がって地球儀の側まで歩いて来ると、地球儀をくるりと回転させてから、

「ここからここまでだな」

と、大陸の一帯を指でなぞった。

「そうじゃ。まことに広大な国じゃ。日ノ本の何十倍もある。しかるに、広大な国で

はあるがその多くが蝦夷地よりも寒冷なる土地じゃ。つまり、蝦夷地がでかくなった国ということである」

盛清はロシアについて講釈を始め、蝦夷地を狙っていると危機感を訴えた。

「オロシャからすれば蝦夷地は温暖なる土地じゃ。欲して当然じゃな」

熱心に海防を盛清は説いている。

すると佐川が水を差すように、

「相国殿、いかがされた。海防に目覚めたのか」

と、からかうように言った。

盛清は嫌な顔をして、

「わしはな、かねてより日ノ本の国のために心を砕いてきたのじゃ」

と、言った。

平九郎は盛清が海防に目覚めたのは、木曽屋で鉄張りの船のことを訊いたからだろうと思った。あの時の盛清の眼の輝きといったらなかった。

「ところで、清正、エゲレスは何処じゃ」

再び、平九郎に問いかけてきた。

「御免」

平九郎は地球儀を回し、日ノ本とは正反対の位置に浮かぶ島を指差した。

「清正、よう学んでおるではないか。さよう、エゲレスは日ノ本よりも小さな島じゃ。しかるに、こんな小さな島でありながらオロシャと対等、いや、それ以上に繁栄しておる。何故かわかるか」

得意そうに盛清は訊いた。

「大船団を持っておるからです。どでかい水軍によって、世界の海を渡り、交易によって富を得ております」

平九郎が言うと、

「そうじゃ」

盛清は機嫌が悪くなった。

きっと、講釈をしようとしたのに平九郎がすらすらと答えたことに不満を抱いたのだろう。

平九郎も内心しくじったと悔《く》いた。盛清に上機嫌で講釈をさせておけばよかった。

盛清は気を取り直したように、

「エゲレスでは風に頼らなくとも進むことができる船を造っておるそうじゃぞ」

と、言った。

「それは凄いですな」

平九郎は感心して見せたのだが、

「蒸気《じょうき》だそうだな。煙が動力らしいぞ。ほんとにそんなもんで船が動くのかね。それなら、湯屋《ゆや》の釜焚《かまだ》きを大勢雇えばいいじゃないか」

佐川がまぜっかえしてしまった。

「これじゃから、物の道理がわからぬ者どもとは付き合えぬ！」

すっかり、盛清はお冠《かんむり》となってしまった。

「まあ、そんなむくれんでくだされ。それで、相国殿は何をなさりたいのだ」

佐川が問いかけると、

「わしはな、鉄張りの船を造る」

と、盛清は宣言した。

やはり木曽屋で鉄張りの船の話を聞いて刺激を受けたようだ。

平九郎が、

「公儀は大きな船を造作するのは禁じております」

「そうだ」

佐川も同調した。

「大きくなければよかろう」

盛清はさらりと言ってのけた。

「ですが……公儀が鉄張りの船と聞けば、釣り舟や荷船とは思わないでしょう。大内家は謀反《むほん》を企《たくら》んでおると勘繰られるかもしれませぬ」

平九郎は危ぶんだ。

「のっぺらぼう、どう思う」

盛清は矢代に問うた。

「まずは、試作されるがよろしかろうと」

矢代は答えた。

なるほど、試作であればごく小規模……そう、下屋敷の池に浮かぶくらいの船で十分だ。試作といっても鉄張りとなると手間暇がかかろう。その間に、いつものように盛清は飽きてしまうのではないか。試作品の造作で盛清の趣味欲、今は船造り、大工仕事への高まる気持ちを満足させることにもなる。

さすがは老練な矢代だ。

興味を抱いたようで、

「試作か」

盛清は腕を組んで思案を始めた。

「そうだ。相国殿、何事も試すことが肝要《かんよう》だ。落語でも稽古を重ねないと、うまくなれないからな」

調子よく佐川も試作を勧める。

「落語と海防を一緒にするな」

盛清は文句を言ったが、

「いずれ、オロシャの船は庄内《しょうない》の近海にも姿を見せる。酒田湊《さかたみなと》なども脅《おびや》かされるぞ。そうなれば、大内家にも大きな影響がある。わしは、国許の盛義にも十分なる備えをするよう書面にしたためた」

これは決して盛清の大袈裟な物言いではない。大内家は紅花を産品としていた。御家の台所を左右する大きな品である。紅花は船で最上川を日本海まで運び、酒田湊に着けられる。そして、北前船で若狭《わかさ》へと運ばれ、京都に至る。京都では紅の材料として高値で買い取られる。

物資を運ぶ重要な動脈である。そこをロシアの船に脅かされれば、大内家ばかりか北前船で栄える日本海側の湊が危機を迎え、それらの湊を持つ大名たちの財政は傾く。従って盛清が危機意識を持つのは無理からぬことであった。

しかし、そうなると、一大名の手に余る。

「わしはな、公儀に先だって海防の先頭に立つ」

まるで戦国武将のような意気込みを盛清は示した。

「勇《いさ》ましいな、相国殿」

佐川は扇子《せんす》で盛清を煽いだ。

「ともかく、鉄張りの船を造る」

盛清は決意を示した。

「その手立ては……家中に鉄張りの船など造作した者はおりませぬ」

平九郎が確かめると、

「船大工どもに任せる」

盛清は言った。

「船大工どももわかっておるのか」

佐川は訝しんだ。

「工夫はするものじゃ」

おそらくは確たる根拠もないだろうが、盛清は意気込みを示した。

四

盛清が帰ってから、平九郎は藤間源四郎《とうまげんしろう》と共に藩邸内の荷売り屋で酒を酌み交わした。

藤間源四郎は大内家の凄腕《すごうで》の忍びである。藤間の凄さは変装の名人ということだ。しかも、ただ外見だけの変装ではなくその職業に成りきる。大工に成りすませば、鋸《のこ》や金槌を巧みに使い、料理人なら鮮やかな包丁さばきを披露するのだ。

「椿さん、どうした」

藤間はおでんを食べながら平九郎に問いかけた。

「藤間さんに探ってもらいたい者がいるのですよ」

平九郎は言った。

煮売り屋には大勢の客がいる。もちろん、大内家の家臣たちだ。みな、賑やかに語らい、中にはお紺の気を引こうと盛んに話しかける者もいた。

こうした雑談の中で隠密の頼み事をするのは有効だと平九郎は思っている。

「承知した。誰を」

藤間は気軽に引き受けてくれた。

「木場の材木問屋、木曽屋伝兵衛なのですよ」

平九郎は木曽屋伝兵衛を訪問した経緯を語った。

「いかにもできる商人なのでしょうが、そこに何かしら邪《よこしま》なものを感じるのです。商人ですから、算盤勘定は付き物で、常に利を求めるのは当然なのはわかるのですがね、何かしらとんでもない悪事を企んでいるような気がして仕方ないのですよ」

平九郎は言った。

「わかりました。とにかく潜り込んでみますよ。木場の紀州屋へね」

酔いが回ったせいか藤間は間違った店名を口走った。

平九郎が間違いを正そうとしたが、

「お紺ちゃん、直しをお替わりだ」

気分よくなった藤間は近くを通りかかったお紺に注文をした。

「藤間さん、飲み過ぎですよ」

平九郎は窘めたが、

「大丈夫ですよ、これくらい。酔ってなどいません」

酔っ払いの常套文句《じょうとうもんく》を藤間は返す。藤間に臍を曲げられてもよくないと平九郎は、それ以上は言わなかった。

お紺が大振りの湯呑に直しを入れて持って来た。

「藤間さま、これで飲み納めにしてくださいね。お身体に障ります」

お紺は微笑みながら藤間に湯呑を渡した。

「ありがとう、お幸《こう》ちゃんは気が利《き》くねえ。ほんと気立てがいいよ」

上機嫌で藤間は湯呑を受け取りながらもお紺の名前を間違えた。それでも、お紺は気にするどころか、

「良いのは気立てだけですか」

と、笑顔で返した。

藤間は手で額をぴしゃりと叩き、

「御免、お紺ちゃんだった。いいのは気立てばかりじゃなく、器量もだよ」

などと調子よく返した。

ごゆっくり、とお紺は台所に戻った。

藤間はうまそうに直しを飲んだ。平九郎の脳裏に盛清の言葉が思い出された。あだ名をつけるのを好む盛清は藤間を、「とうま」を揶揄して「とんま」と名付けたのだ。

今の藤間は、「とんま」である。

果たして任せていいものか。

凄腕の忍びであるが、年齢には勝てず衰えたのだろうか。もっとも、平九郎は藤間の歳を知らない。容貌から推測しようとしても、なんともわからない。四十を過ぎた練達の者という気もするし、二十歳の若々しさを感じもする。

一度、御家の名簿を見たが、「藤間源四郎、御庭方、大殿付き、禄百石五人扶持」とあるが、生年は記していなかった。

「椿さん、大殿は大工仕事への興味から海防に興味を移したようですな」

酔いが回ったのか藤間は声が小さくなった。

「海防が趣味となっては御家も大変です。費用面ばかりではなく、公儀の目もあります。御老中、大曽根甲斐守さまは海防の重要性を訴えておられますが、それはあくまで公儀を中心に行うものであって、一大名がしゃしゃり出ていいものか、いや、口出しすることを快くは思われないでしょう」

憂いを示す平九郎に、

「まさしく、困ったものですな」

藤間も心配をした。

てっきり、平九郎の話に合わせてくれたのだと思ったが想定外のことを藤間は話した。

「大殿は大曽根さまに建白書《けんぱくしょ》を送られましたぞ」

盛清は鉄張りの船を造作する許可と、日本海沿岸の海防を大内家が担うことを書面にしたためて大曽根に送ったのだそうだ。

「そんな……」

平九郎は絶句した。

国許の藩主盛義は知っているのだろうか。たとえ、盛清が報せたとしても逆らわないだろう。何しろ盛義は重臣たちの意見に異論を唱えることはなく、「よかろう」と返事をするため、家中では、「よかろうさま」と呼ばれている。

そうであっても、せめて重臣たちには前以て報せるべきである。盛清のことだ。重臣たちが反対意見を述べたところで聞き入れはしないだろうが。

「趣味では済みませんぞ」

平九郎は危機感を募《つの》らせた。

「大殿はわしの深謀遠慮《しんぼうえんりょ》じゃ、と話しておられますが」

藤間は言った。

「深謀遠慮……大殿には、少しは辛抱《しんぼう》の上に遠慮なさって欲しいものだ」

 つい、冗談を言ってしまった。

佐川権十郎の影響だ、と平九郎は苦笑を漏らした。

それから真顔で、

「もう、大曽根さまに送ってしまったからには、今更何を言っても仕方ないな。大殿の建白書を不興《ふきょう》に思って、大曽根さまが大内家になんらかの処罰を加えることはなかろうが、それでも、悪い印象をお持ちになるかもしれぬ」

と、杞憂《きゆう》が募った。

「そうですな」

藤間も心配をした。

「ともかく、これ以上は慎んで頂くようにお願いするか」

無駄とは思いつつ平九郎は独り言を言った。

「椿さんもご苦労が絶えませぬな」

藤間は言ってから、「他人事ではないですな」と自分を戒めた。

藤間は直しを飲み、まだ物足りなそうで、

「お信《しん》ちゃん……じゃなかった、お紺ちゃん、もう一杯」

と、声をかけた。

お紺はなぜか平九郎を見ながら、

「いけません。それで最後って約束したでしょう。武士に二言《にごん》はなしですよ」

と、笑顔で断った。

「これは、一本取られたな」

藤間は湯呑を縁台に置いた。

平九郎は代金を払って煮売り屋を出た。酔った藤間を自宅に泊めようと思った。藤間は盛清が住まう下屋敷内で暮らしているのだ。ここから下屋敷のある向島までは酔って帰るのは辛い。

しかし、藤間は大丈夫だと帰っていった。思いのほか足取りはしっかりとしており、藤間の隠密としての力量を物語っていた。

五

十四日の昼、平九郎は向島の下屋敷を訪ねた。

隠居した大名や世子《せいし》は中屋敷に住まいするのだが、盛清は下屋敷の気軽さを好み、年の大半を下屋敷で過ごしている。

上屋敷のようないかめしい門構えではなく、広々とした敷地は、別荘のような雰囲気が漂っている。国許の里山をそのまま移したような一角があるかと思えば、数寄屋造りの茶室、枯山水《かれさんすい》の庭、能舞台、相撲の土俵、様々な青物《あおもの》が栽培されている畑がある。

畑は近在の農民が野良仕事に雇われ、気が向くと盛清も鍬《くわ》や鋤《すき》を振るうそうだ。また、今はほとんど使われなくなった窯場《かまば》があった。盛清が陶器造りに凝っていた頃には盛んに煙が立ち上っていたのだが、今は陶器造りに飽きて、放置されている。

盛清は裏庭にいるそうだ。主殿《しゅでん》の裏手に回る。大きな池があり、周囲を季節の草花が彩っている。時節柄冬ざれの光景だが、春がきたら様々な草花が芽吹く。飽きっぽい盛清も花々の手入れは怠《おこた》らない。もっとも、出入りの庭師が行っているのだが。

その畔《ほとり》で盛清は床几《しょうぎ》に腰を据え、じっと池を眺めていた。小袖に袖なし羽織を重ねた軽装である。麗《うら》らかな冬晴れの昼下がり、池の畔に腰を据える姿は、いかにも悠々自適な隠居暮らしを満喫しているようだ。

「おお、清正、なんじゃ」

上機嫌で盛清は平九郎に声をかけた。

「大殿、御老中大曽根甲斐守さまに建白書を送られたとか」

平九郎は声をかけた。

「おお、そうじゃ」

得意そうに盛清は答えた。

平九郎が押し黙ると、

「なんじゃ、文句があるのか」

いかにも不満そうに返す。

「文句ではなく、大殿、御老中への建白とは、政への口出しだと受け止められるのではありませぬか」

大名が幕政に口出しすることは厳しく禁じられている。

「心配には及ばない」

盛清らしい強気なのであろうか。

「そうはおっしゃっても」

平九郎は心配が拭えない。

「何、大丈夫だ」

盛清は強気の姿勢を崩さない。

「ですが、海防を担うとは、いくらなんでも……」

軽挙妄動《けいきょもうどう》ではないか、と平九郎は心の中で批判した。

「わしの考えを浅はかだと思っておるのであろう」

盛清に問われ、思わず、「そうです」と答えそうになったが、

「いえ」

小さく否定した。

「わかっておらぬな」

盛清は真顔になった。

「どういうことですか」

平九郎が問うても、

「わからぬか」

盛清は答えてくれない。

「はあ」

平九郎は曖昧にうなずいた。

「まったく、頭も気も回らぬ男よな」

盛清らしいずけずけとした物言いで平九郎をけなした。ここで腹を立て、盛清の真意を確かめないでいては後々祟る。大曽根から追求された時に盛清の狙いを知ってい

ないと、的外《まとはず》れな応対になってしまう。それに、盛清の言い分からして闇雲に海防を進言したのではないようだ。

「申し訳ございませぬ。畏れ入りますが大殿のご深謀をお聞かせくださりませ」

大袈裟にへりくだり、平九郎は問いかけた。

盛清は勿体《もったい》をつけるようにこほんと空咳《からせき》をしてから、

「大曽根は藩札の新規発行を禁じたな」

意外にも盛清は藩札について言及した。

「御意《ぎょい》にございます」

平九郎は応じた。

「近々のうちには発行した大名家に対して藩札の回収を命じる。それによって財政が傾いた大名家には公儀の貸金会所から貸し付ける、ということだ。つまり、金で大名の首根っこを押さえ込むつもりじゃ。実に狡猾にして不遜《ふそん》であるぞ。そんなことはまっぴらごめん。公儀は大名の政には口出しせぬのが、畏れ多くも神君《しんくん》家康公以来の定法《じょうほう》である。しかるに、金で押さえられては、おのずと貸主の顔色を窺うのは世の常だ。大名の独立は保てなくなるのじゃ」

饒舌に盛清は大曽根を批判した。

平九郎は口を挟まず聴き入る。

「そんな大曽根を牽制《けんせい》してやったのだ。当家では、大曽根が熱心に推進する海防の一翼《いちよく》を担うのだ。だから、当家には金が必要となる。公儀に頼らず、大内家のみで海防の手助けをするのだから、藩札の回収には応じられない、と建白書には記してやったわ」

盛清は言った。

「畏れ入りました」

なるほど、そういうことか。盛清は趣味に耽溺し、気分で海防や鉄張りの船を造作しようとしたのではないのであった。

さすがと言うしかない。

湯島《ゆしま》の昌平坂学問所きっての秀才と称され、大内家養子入り後は果断《かだん》な改革で大内家の財政を改善させただけはある。

「わかったか」

盛清はにやりとした。

「よくわかりました。まこと、大殿の深謀遠慮でござります」

心の底から平九郎は盛清を賞賛した。

六

藤間源四郎はけろっとした顔で川並として木曽屋に出入りしている。川並は木場に運ばれた材木の品質を選り分け、管理する役目である。鳶口を手に水に浮かぶ材木の上を軽やかに飛び回る粋《いき》だが技量を要する職人だ。

藤間は持ち前の器用さで川並の技術を習得し、腕の良さを伝兵衛に買われたのであった。

技術ばかりではない。

木遣り節も本職顔負けの上手さだ。寒風に負けない朗々《ろうろう》とした咽喉を披露し、周囲の者たちから一目《いちもく》置かれている。木曽屋の印半纏が様になり、武士の名残は微塵《みじん》もない。

藤間に限らず、木曽屋は多数の川並を雇い入れた。

「繁盛しているんだね」

藤間は昼飯を食べながら仲間に言った。

その際、持参の弁当に入れてある玉子焼きを仲間たちに振る舞った。玉子焼きもかって料理人に扮した際に学んだ腕で一流の料理人並である。

「かみさんの作った玉子焼きだから、口に合うか心配だがよ、まあ、よかったら摘まんでくんな」

藤間は気さくな調子で勧める。

「こりゃ、すまねえな」

玉子焼きを貰った者たちはみな、美味いと絶賛した。

「源《げん》さんのかみさん、料理上手で羨ましいぜ」

一人が褒める。

「だったらいいんだが、ちょっと、塩っ気が強くねえかい」

自分でも食べながら藤間は訊いた。

「少しばかりしょっぺえ方がいいんだよ。おれたちは力仕事だからな」

男は辰吉《たつきち》と名乗った。

「たっつあん、これからもよろしくな」

藤間は言った。

辰吉もよろしくと応じ、

「あんた、腕がいいな」

「とんでもねえよ。それより、木曽屋さんはずいぶんと忙しいな。次から次へと材木が運ばれて来るぜ」

藤間が問いかけると、

「そりゃ、火事の時節だからな」

事もなげに辰吉は答えたが、

「それはそうだろうけど、質の良い材木ばかりだぜ」

疑問に感じたことを藤間は口に出した。

江戸は火事が多い。火事を想定した建物が造作されている。防火対策として商家は瓦葺《かわらぶき》の屋根が義務づけられているが、現実問題、消火体制は貧弱だ。水をかける竜吐水《りゅうどすい》などは、大火の前には無力である。このため、火消たちが行うのは消火というよりは火事の範囲を最小限にする、つまり、類焼《るいしょう》を防ぐ消火活動である。

火の廻り具合と風の方角を見定め、食い止められる地域を消口《けしぐち》と定めて周囲の建物を破壊するのだ。家を破壊するに当たり、火消したちは鳶口を使い、家の板壁に引っかけて倒した。特に人口密度が高く、狭い場所に密集して建ち並ぶ長屋は引き倒しやすいように板壁は薄く、柱は細く作られた。

従って高級材木など使用されることはない。安普請《やすぶしん》用の節の目立つ低品質だが安価な材木ばかりが求められる。

　実際、木曽屋以外の材木問屋は安い材木ばかりを仕入れている。

「木曽屋の旦那はお上のお偉いさんとも親しいからな、お偉いさんの御屋敷や大きなお寺が万が一火事になったら再建できるようにって、用意していなさるんじゃないか」

　辰吉は言った。

「でも、火事が起きなかったら損だぜ」

　藤間は言った。

「そういうこったよ」

　返事をしてから辰吉は、

「そんなことは、どうだっていいじゃねえか。おれたちは仕事だけやっていりゃあいいよ。手間賃も弾《はず》んでくださるからよ」

　辰吉は言った。

「そりゃ、そうだな」

　藤間も納得したように応じた。

日が暮れて材木置き場から川並たちがいなくなった。藤間は積み上げられた材木の陰に潜んだ。

寒風に吹き曝されながら、寒さをしのぐため木遣り節をうなりたくもなった。もちろん、そんなことをするわけにはいかない。昼間は木挽《こび》き職の仕事をしているから、身体を動かし、身体は温まった。しかし、今はじっと動かずただただ寒さに耐えるしかないのだ。

さすがの藤間も防寒についての特別な手立ては習得していない。

そうやってじっとしていること半時余り、人の声と足音が聞こえ、松明《たいまつ》の火が見えてきた。

藤間は耳に神経を集中させた。

「中々、壮観《そうかん》であるな」

武家言葉が聞こえた。

「大滝さま、ちゃくちゃくと準備を調えておりますぞ」

伝兵衛が言った。

大滝とは高峰塾の武芸部門を統括する大滝左京介であろう。以前に平九郎も木曽屋で見かけている。

藤間は足音を忍ばせて移動し、伝兵衛や大滝の様子が窺える位置に達した。

大滝と伝兵衛の他、木曽屋の奉公人たちが数人、松明を掲げている。

「どれ、おおこれはよい材木であるな」

大滝は積まれた材木を手で撫でた。

「抜かりありません」

誇らしそうに伝兵衛は言った。

大滝もうなずき、

「これだけの材木、さぞや値が張ったであろうな」

「さようでございますとも。ですから、使わないでは、大損でございます」

伝兵衛は言った。

「損はさせぬ。それどころか大儲けだ」

大滝は言った。

「もちろん、手前どもは商人ではありますが、お上の海防に対するお考えに賛同し、御手助けをしたいと思います」

伝兵衛は言った。

「うむ、感心じゃ」

満足そうに大滝は言い、

「冷えるのう」

と、呟いた。

「支度をしておりますので」

伝兵衛の誘いに大滝は応じて歩き出そうとした。

と、不意に、

「曲者《くせもの》！」

と、怒鳴るや藤間の方を睨んだ。

どきりとしながらも藤間は後ずさり、逃げようとした。

奉公人たちがこちらに向かってきた。

藤間は踵《きびす》を返し、駆け出した。

すると、闇の中から人影が湧き出て来た。闇夜に浮かぶ影は侍のようである。実際、刀を抜いて藤間に迫って来る。

藤間は方向を変え、侍たちから逃れようとした。

風のように走る。最早、寒さは吹き飛んでしまった。

侍たちも追いすがってくる。

引き離そうと、速足になる。振り返る余裕はないが、距離が離れたと思った。

逃げ切ったかと思うと、生け簀であった。

行き止まりである。

敵は藤間を追いつめたと思ったようだ。

「よし」

藤間は自分に気合いを入れ、生け簀に浮かぶ材木に飛び乗った。大きく材木が沈んだり浮かんだりをしたが、どうにか身体の均衡《きんこう》を保ち、次の材木に飛び移った。

揺れる材木の上を藤間は軽やかに飛び移りながら向こう岸に達した。

侍たちは追ってこなかった。

「やれやれ」

ほっとした。

それにしても、大滝と伝兵衛のやり取りが気にかかる。

伝兵衛が高級材木を大量に仕入れたのは高峰塾の発注のようだ。高峰薫堂は大曽根に海防のために鉄張りの船を造作するとしているが、他にも材木が必要なのだろうか。

だとしたら……。

藤間は高峰の企てを探らねばならない、と己に言い聞かせた。

第四章　海防の建白《けんぱく》

一

十五日の朝、平九郎と佐川は高峰塾に通い始めた。

大滝左京介の下、平九郎も佐川も紺の道着を着て、塾生の指導を任された。

広大な屋敷の一角に武芸部門はある。道場の他、白砂が敷かれた庭があり、佐川は庭での稽古を望んだ。

百人ばかりの塾生は五十人ずつに分かれ、佐川が槍術、平九郎が剣術を指南することになった。

塾生は槍術と剣術の稽古を交互に行った後、大滝が弓術《きゅうじゅつ》と鉄砲、大筒を指南する。

塾生相手に佐川は槍術の指導を行った。佐川自身も長柄の十文字鑓を手に型の手本

を示してから、

「そんなへっぴり腰では駄目だ。もっと、踏ん張れ。鑓はな、腰で突くのだ」

いつもの砕けた調子とは違い、佐川は極めて真面目に、厳しく指導をしている。釣られるように平九郎も真面目に剣術指南を行った。塾生たちは旗本の子弟が多いが大名家の家臣、浪人も混じっている。

彼らは高峰薫堂が叫び立てる海防に影響され、海防に殉《じゅん》じる覚悟である。高峰の意を受けた大滝は入門試験に当たって武芸の技量ではなく、海防に対する考え方、取組みの姿勢を合否の基準にしたそうだ。

稽古に入る前、大滝は平九郎と佐川に語った。

「西洋諸国との戦、船戦にせよ陸の戦にせよ、戦国の世の合戦とは様相を異にする。つまりだ、重い鎧《よろい》を着用し、鑓や太刀を振り回す戦いではない。鉄砲、大筒を中心とした戦となる。戦国の世であっても織田右府や太閤、そして神君家康公の頃には鉄砲、大筒が使われたが天下泰平が二百年続き、日ノ本の鉄砲、大筒は戦国当時のまま、しかるに西洋諸国のそれは強力になっておる。鉄砲は命中精度が上がり、大筒はより遠くに、より大きな破壊をもたらすのだ。鑓や太刀、弓が敵う相手ではない」

これを聞き佐川が反論と疑問を投げかけた。

「それなら、おれや平さんが槍術、剣術を教える必要はないではないか。あんただって弓術なんぞは止めて鉄砲と大筒を教えればよかろう」

もっともな問いかけであったが大滝は余裕たっぷりに答えた。

「ごもっともなるご指摘である。高峰塾では武芸の基本は教える。しかし、貴殿らのような一門の武芸者を育てるのではない。武芸指南を通じて夷敵と戦う武士の魂を磨くことを目的としておるのだ。つまり、泰平に慣れきった武士どもに夷敵を恐れることなく立ち向かうだけの度量を備えさせる。夷敵は最新の鉄砲、大筒を備えておる。それなら、日ノ本も鉄砲、大筒を手に入れればよい。オランダから購入すればよかろう。その際、仏作って魂入れずでは意味がない。鉄砲、大筒を自在に使いこなせる技量を備え、夷敵を恐れぬ度量を持てばオロシャ、エゲレスも恐るるに足りず、というわけだ」

佐川も顔負けの弁舌爽《べんぜつさわ》やかに大滝は語り終えた。

「なるほどねえ、あんたや高峰先生の考えはよくわかったよ」

佐川は十文字鑓をしごいた。

高峰と大滝の願い通り、塾生たちは厳しい鍛錬にも耐えようと歯を食いしばっていた。

こめかみに青筋を浮き立たせ、必死である。

一時《いっとき》ほど経過してから大滝がやって来た。

平九郎と佐川は動きを止めた。

みな、一斉に大滝に一礼をした。

大滝は右手を挙げた。すると、白い道着を着た若者たちが巨大な案山子《かかし》を運んで来た。高峰に仕える者たちだ。いくつかの案山子が立てられる。みな、六尺を超える巨大な案山子だ。

案山子の胸には丸く切り取られた板が付いていた。

「よいか、西洋人たちはこの案山子のように大きな身体だ。案山子を西洋人と思い、稽古をするのだ」

大滝は塾生たちを見回した。

みな、真剣な表情で、「わかりました」と声を張り上げた。

「佐川氏《うじ》、お手本を示してくだされ」

大滝に頼まれ、

「よし、見ておれ」

佐川は鐺を頭上でぐるぐると回した。

次いで、さっと腰を落とすと水平に構え、案山子目がけて走って行った。手前の案山子を鐺の柄で殴りつける。案山子は吹っ飛んだ。間髪容れず、隣の案山子も殴り飛ばす。更には石突きで背後の案山子を突き飛ばす。

たちまちにして三体の案山子が倒れた。

「お見事」

大滝は佐川の腕を褒め称えた。

「朝飯前だと言いたいが、たっぷり朝餉を食してきた。腹が減っては、戦はできないからな」

快活に佐川は笑った。

そこへ暁栄五郎がやって来た。六尺に余る巨体は紺の道着が似合っていた。そして、猛々《たけだけ》しさとは裏腹の小さな目が滑稽だが、今日も全身から獣のような獰猛さを醸《かも》し出している。

「これは暁殿、お元気そうですな」

佐川が挨拶をすると、

「案山子相手とはいえ、見事な腕前、宝蔵院流槍術の達人の看板に偽りなしですな」

余裕たっぷりに返し、暁は塾生に目配せをした。一人が道場に向かい、他の塾生は案山子の用意をした。

「腕前、とくと拝見しようかな」

佐川は右手に鑓を持ち、石突きで地べたを叩いた。

道場に戻った塾生が薙刀《なぎなた》を持って来た。それを受け取り暁は頭上に掲げた。

今度は薙刀か、と平九郎は思った。夜に襲われた時は棍棒、鮟鱇をさばいた時は包丁の技を見た。

きっと、卓越《たくえつ》した薙刀の技を披露するだろう。

案の定、暁は軽やかに薙刀を振るった。

案山子に走り寄り、次々と薙刀で斬ってゆく。地べたには切断された案山子の上半身が転がった。

塾生たちも目を見張って暁の動きに見入り、暁が薙刀を止めると揃って息を吐いた。

そこへ高峰薫堂の使いがやって来て平九郎を呼んだ。講堂に来いということだ。

講堂の控えの間に通された。

そこには高峰の他に大曽根甲斐守康明が座していた。大曽根は羽織、袴の略装である。大曽根が平九郎を呼んだのだろう。

挨拶をしてから高峰が言った。

「大内の大殿、海防にいたく熱心であられるそうな」

「はい、大殿は西洋諸国に対し危機意識を抱いておられます」

平九郎は言った。

「まこと、憂国《ゆうこく》のお方であるな」

高峰は盛清を賞賛した。

平九郎は大曽根を見た。

おもむろに大曽根が語った。

「盛清殿の建白書を拝読致した」

「畏れ入りましてござります」

平九郎は軽く頭を下げた。

「盛清殿の海防に尽くそうという意気込みには深く感じ入った」

盛清の命令を思い出した。

すなわち、発行済みの藩札の回収を猶予《ゆうよ》してもらうことと、それどころか新たな藩札の発行も大曽根に承知させよということだ。

「畏れながら、大殿以下、大内家は公儀のため、日ノ本のために海防に尽くす所存《しょぞん》でございます」

言葉に力を込めて平九郎は大内家の海防に対する取り組む姿勢を強調した。

「うむ、その覚悟やよし」

大曽根が応じると高峰も賞賛するように首肯した。

ここで平九郎はおもむろに、

「つきましては、ご承知のように海防には大きな費《つい》えがかかります……」

ここまで聞いたところで大曽根はにんまりとし、

「藩札の回収を待って欲しいと申すのだな」

と、言った。

お見通しだ。

下手に取り繕っても仕方がない。この際、はっきりとこちらの要求を主張しよう。

「藩札の回収を待って頂くと同時に新たな藩札の発行もお許し頂きたいと存じます。

なにしろ、海防には……」

またも最後まで言わせずに、

「海防にかまけて、藩札の発行の許しを得ようというのであるな。実に大した海防であるな」

皮肉たっぷりに大曽根が言うと、

「いけませぬか」

平九郎は開き直った。

「盗人猛々しい、とはこのことよ」

大曽根の目が凝らされた。

逆効果だった。

却って大曽根の不興を買ってしまった。

すると高峰が、

「盗人猛々しいというのはいささか気の毒な物言いであるな。盛清殿とて盛清殿なりに海防に尽くそうという志は抱いておられるのじゃ」

と、助け船を出してくれた。

大曽根は高峰を見た。

高峰は続けた。

「天下泰平に慣れきった諸侯にあって大内盛清殿は気概《きがい》のあるお方とわしは拝察する。さすがは昌平坂学問所切っての優秀さを窺えますな」

意外にも高峰は盛清に好意的である。

「そうも考えられますな」

大曽根も認め、言葉が過ぎたと平九郎に詫びた。

「実際、盛清殿が申されるように海防には金がかかる。公儀の負担を少しでも減らそうと盛清殿が苦心惨憺《くしんさんたん》して楽ではない台所から大金を捻りだそうとなさった苦心は見上げたものである」

高峰は盛清への賞賛を続けた。

大曽根は反論しない。

「どうでありましょうな、甲斐守殿。大内家には海防を担うということで藩札発行の特例を出されてはいかがかな」

ありがたくも高峰は提案してくれた。

「特例を認めるとなりますと政は乱れます。諸侯より不平、不満の声が出ましょう」

大曽根は渋った。

「なるほど、特例を許せばしめしがつかなくなり、それは政の乱れとなるものじゃな。しかし、海防は有事、平時の政に拘っては大事はなせぬと考えるべきである」

高峰の言葉がなんとも心強い。

「なるほど、高峰先生のおっしゃることには一理がありますな」

大曽根も理解を示した。

「おわかり頂けたようであるな」

自分の考えを大曽根が受け入れ、高峰も機嫌が良い。

大曽根は平九郎に向き、

「よかろう。大内家の藩札の発行を認める。但し、大内家の海防に対する取り込みを確かめるが、構わぬな」

と、ぎろりとした目を向けた。

「むろんでござります。して、確かめるとは当家に立ち入られるということでしょうか」

平九郎が確かめると、

「そういうことじゃ。屋敷にわしもしくは高峰塾の者が出向き、盛清殿が造作される鉄張りの船を検分致す」

当然のように大曽根は答えた。

とんだ藪蛇《やぶへび》である。

これでは、大内家は大曽根の監視下に置かれるではないか。鉄張りの船の造作ばかりか、海防への取組を検分するという名目でいつでも大内藩邸に立ち入ることができるのである。前以て予告しての訪問ばかりではあるまい。

不意打ち、抜き打ちの検分もあるのではないか。

検分の結果、大内家が海防に尽力《じんりょく》していないと判断されれば、改易《かいえき》とはなるまいが藩札の発行停止や減封《げんぽう》に処されるかもしれない。

盛清は立腹するに違いない。

いや、盛清の機嫌を慮《おもんぱか》るばかりでは済まない。御家の大事に至るかもしれないのだ。国許の藩主盛義や大内家家臣とその身内に災いが及んでしまう。

思い悩む平九郎に向かって、

「どうした、椿、何か不都合なことがあるのか」

しれっとした顔で大曽根は問いかけた。

「いいえ、不都合なことなんぞ、あろうはずがござりませぬ」

心なしか力《りき》んでしまった。

大曽根は高峰に向き、

「うむ、これは楽しみが増えましたな、高峰先生」

と、満足そうに語りかけると、

「まさしくじゃ。盛清殿の海防に対する熱い思いを目の当たりにできるであろう」

高峰も同意した。

平九郎は苦笑いがこみ上げるのをどうすることもできなかった。苦笑というよりは頬が引き攣《つ》ってしまう。

「戻ったなら、盛清殿にくれぐれもよしなに伝えよ。大曽根は大いに期待しておる、大内盛清こそがまことの忠臣である、とな。海防強化の折、諸侯の模範となるに違いない、とな」

大曽根のわざとらしく歯の浮いたような賛辞が耳に痛い。

しかし、今更引っ込みはつかない。藩邸に戻り、検討し直すとは言えない。いや、言うべきだ。このままでは大曽根の思う壺だ。

「畏れながら……」

平九郎は眦《まなじり》を決して大曽根を見た。

「なんじゃ」

大曽根は口元を曲げ平九郎を見返した。

「海防の件でござりますが、藩札発行と回収猶予を含めまして、藩邸に持ち帰り、いま一度慎重に家中で揉みたいと存じます。あ、いや、その……海防を取りやめるのではなく、公儀のご期待に応えられるような海防策を予算の面からじっくりと検討、練り上げたいと存じます」

海防策を引っ込めるのではない、と苦しい言い訳を並べた。額に汗が滲み、胃の腑がきりきりと痛む。

大曽根が答えようとしたのを高峰が制し、

「綸言汗《りんげんあせ》の如《ごと》し！」

と、大音声《だいおんじょう》で告げた。

唐土に伝わる格言だとは平九郎も知っている。皇帝の発した言葉は出た汗が体内に戻らないように、取り消せない、それくらい重いものだという意味である。皇帝ばかりか為政者《いせいしゃ》の教訓として知られている。

もちろん盛清は皇帝でも天子《てんし》でもないが、出羽国横手藩十万石の領主であったのだ。その盛清が口頭ではなく建白書として幕府に上申した海防である。

実施する前に取り消すことなどできはしない。無理に引っ込めれば、幕府から咎められないとしても、天下の笑い者になる。大曽根は盛清の建白書を公にしないであろうが、配下の者か高峰塾を介して漏らすだろう。

大内家は腰砕けだと幕閣や大名たちから嘲笑《ちょうしょう》される。読売も面白おかしく書き立て、物見高い町人たちもこぞって話題にするに違いない。野次馬が大内家の藩邸に押しかけるかもしれない。からかいの言葉を浴びせたり、藩邸の壁に大内家を揶揄した落首《らくしゅ》を落書きする可能性もある。

大内家は体面を傷つけられ、自分は切腹か……。平九郎は暗い気持ちに駆られた。

そんな平九郎を見て楽しむかのように大曽根は満面の笑みで問いかけた。

「いかにする。藩邸に持ち帰るか」

はいとは言えない。

「大曽根さまに建白書が受け入れられ、大殿も大いに勇み立つことと存じます。大殿ばかりではありませぬ。大内家一同、身命を賭《と》し海防に尽くします」

深く一礼し、平九郎は腰を上げた。

座敷から出ると、肩が落ち、背中が曲がってため息を吐《つ》いた。白く流れ消えるため息が心身の寒さを際立たせた。

二

平九郎が去った控えの間では、

「大内家のご隠居、まことにおめでたいお方ですな」

大曽根はおかしそうに笑った。

「まこと、有事だと騒ぐと頭に血が上るお調子者がおるものであるが、まさしく大内盛清がそれじゃ」

高峰も顔中皺だらけにして笑った。

「さて、これで、大内家を陥れる算段がうまくいきそうですな。今市藩浜名家を陥れようとしたのはうまくいきませんでしたが、今回はしくじれませぬ」

大曽根は決意を示した。

「そうじゃな」

高峰は顎を掻いた。

「今市藩の勘定方……なんと申しましたか……」

記憶の糸を手繰るように大曽根は虚空を見上げた。

「竹本弥次郎、とか申したな。今市藩領の庄屋の倅《せがれ》であったのを、算勘の才に長けておるがために藩主浜名讃岐守殿に御家の勘定方に取り立てられたのじゃ。讃岐守殿の期待に応えようと当塾で真面目に学んでおった」

すらすらと高峰は竹本の素性を語った。

「さすがは高峰先生、下郎《げろう》のことまでよく覚えておられますな」

大曽根は、感心とも皮肉ともつかない物言いをした。

「全ての塾生の顔、名前、素性、履歴は頭に入っておる。ましてや、竹本は勉学熱心であったからな」

高峰が返すと、

「そんな竹本を陥れるとは先生もお人が悪い」

大曽根は笑みを深めた。

「おいおい、わしはそなたの手助けをしたのじゃぞ」

高峰に返され、

「これは失礼致しました」

慇懃に大曽根は詫びた。

「しかし、今市藩浜名家には逃げられたな」

高峰は歯嚙みをした。

大曽根は申し訳なさそうに、

「せっかく、先生に浜名家追及のとっかかりを開いて頂きましたが、浜名家の留守居役熊野庄左衛門が抜かりなく一橋大納言さまに取り成しを頼み、大事には至らぬよう手を打たれました。さすがは老練の留守居役と評判の熊野です。いや、感心してはおられませぬな。ところで、椿平九郎、腕は立ち、肝も据わっておりますが、果たして熊野同様に難敵となりましょうか」

表情を引き締め、大曽根は高峰に問いかけた。

「なる」

と、即答してから高峰はまず熊野について評した。

「熊野は根回しには長けておる。永年に亘って留守居役を担ってきたからな。幕閣や大奥との繋がりも築き上げておる。それゆえ、一橋大納言さまとも誼《よしみ》を通じておるのだ」

大曽根はうなずきながらも、

「それでございます。熊野は一橋大納言さまにどんな繋がりがあるのですか。確か、竹本のような平士が高峰塾に入門したのも一橋大納言さまのお口添えでしたな。お口添えは熊野の頼みを聞き入れてなさったのでござりましょう」

疑問を投げかけた。

「一橋大納言さまはかんぴょうがお好きなのじゃ」

高峰はおかしそうにほくそ笑んだ。

「かんぴょう……で、ござるか」

きょとんとなって大曽根は首を傾げた。

「今を去る四十年前、大納言さまはお忍びで日光東照宮を参拝なさった。公に行えば物々しい行列を仕立てねばならぬ。当然、要する費用は莫大じゃ。そこで、大納言さまはわずかな供回りだけを従えて日光へ旅立たれたのじゃ。むろん、沿道の警固は密《ひそ》かになされた。日光道中の大名家は大袈裟にはせずに警固をした」

一橋治済はお忍びの旅を楽しんだ。仰々《ぎょうぎょう》しく本陣には宿泊をせず旅籠に泊まり、大名の接待は受けず宿場で飲食を楽しんだそうだ。

「日光東照宮参拝の帰途、今市の城下に立ち寄られた。そこで、かんぴょうを食されたのだ。

一橋屋敷では食膳に饗されることなどなかったかんぴょうをいたく気に入られた。その時、熊野は浜名家選抜の警固役の一人であった。そのことを覚えておった熊野は江戸詰めとなり、留守居役となってから一橋屋敷に贈る進物にかんぴょうを加えるようにしたのだ。四十年前とは……」

高峰は話の締め括りを問いかけにした。

大曽根は一礼してから、

「畏れ多くも、一橋豊千代《とよちよ》さま、すなわち家斉公が十代家治《いえはる》公に養子入り、西の丸さまにおなりになった年でございます」

と、厳《おごそ》かに答えた。

天明元年（一七八一）閏皐月《うるうさつき》、治済の息子、豊千代は世継ぎがいなかった十代将軍家治の養子となって西の丸に入った。西の丸は将軍世子か隠居した将軍が住む。

将軍世子となった豊千代は元服して家斉を名乗る。五年後の天明六年（一七八六）家治が死に、翌年に十一代将軍に任官した。数え十五の若さであった。

「日光東照宮参拝が家斉公の将軍職をもたらしたと、大納言さまは大層喜ばれ、その際に食して美味と思われた今市のかんぴょうを縁起物だと密かに食しておられるのじゃ」

高峰は言った。

「なるほど、そんな繋がりがあったとは存じませんでした。わかっておれば……」

わかっていたなら今市藩を陥れる企みなどしなかったと大曽根は言いたいようだが、高峰の手前口には出さなかった。それでも、高峰自身が悔いている。

「まさか、大納言さまともあろうお方がかんぴょうなどお好きとはわしも知らなかった。大納言さまも表立って好物だとはおっしゃらず、奉公人どもの食膳用だと偽って密かに召し上がってこられたとか」

今市藩を追及しようとしたところ一橋治済に待ったをかけられた。訳を聞いてかんぴょうの一件を知り、高峰は熊野と手打ちをしたのである。熊野は竹本弥次郎の暴走だとして、竹本一人に責任を取らせたのである。

「さすがは熊野庄左衛門ですな。して、先生が椿平九郎を熊野以上に手強いと評されるのは……」

大曽根が話を平九郎に戻した。

「椿は捨て身になることができる。虎退治の一件がそれを物語っておる。椿が命を捨てる覚悟で我らに挑んだ時、我らも身命を懸けねばならぬぞ」

高峰の言葉を、

「承知しました」

大曽根は受け入れたが、

「なんじゃ、高々一人の陪臣《ばいしん》に過ぎぬではないか、と内心では思っておるようじゃな」

高峰は大曽根の腹の内を見透かした。

「先生には申し訳ございませんが、正直、そう思っております。ですが、油断は致しませせぬ」

大曽根は静かに返した。

「よかろう」

高峰は、それ以上は平九郎について語らなかった。

三

高峰塾の武芸道場に戻った。

佐川の槍術指南は終わり、大滝左京介が塾生たちに鉄砲を教えていた。

百丁の鉄砲を揃えているとは高峰薫堂の威勢が知れる。

十人一組となり、横一列に並んで西洋人を想定した案山子を的にして鉄砲の稽古が行われていた。銃声が冬晴れの空に響き渡り、鳥たちがばたばたと飛び立つ。

平九郎は佐川に盛清の建白書が藪蛇になった経緯を話した。

「そうか、敵もさる者ってわけだな。それにしても、高峰と大曽根、まやかしではなく本腰を入れて海防のための水軍を備えようとしておるようだぞ」

指南を終えた佐川は屋敷内を回ったそうだ。

「講堂の裏手が船の造作所になっておる。大量の材木が運び込まれておったぞ。大工や水夫たちはまだだったがな」

木曽屋から大量の杉や檜が運び込まれているそうだ。

「鉄張りの船がどれほど大きなものなのかはわからんが、水軍の中心にはなりそうだな。いやはや、よくもあれだけの材木を集められたものだ」

佐川は感心した。

「武芸の鍛錬、戦う武士の魂を育《はぐく》む、そして、西洋の学問、事情を学ぶ、やはり、高峰と大曽根は本気で海防をやろうとしているのでしょうかね」

平九郎も判断がつかない。

「貸金会所の設立も海防の費用を賄うためだと公言しているからな。さてさて、大風呂敷を広げたものだが、畳み方を間違えるととんだことになる。その辺は頭のよろしい高峰薫堂先生なら抜かりはないだろうがな」

佐川は顎を掻いてから、

「さて、稽古は終わった。一杯やるか」

と、誘ってきたが、

「いえ、建白書につき、大殿や矢代殿と協議せねばなりませぬ」

平九郎は佐川も同行してくれることを期待したが、

「そりゃ、大変だが、相国殿はあれで融通《ゆうずう》が利く。何か対処方を捻りだされるだろうよ。さすがに大内家の内情には立ち入れぬからな、おれは帰るよ」

無情にも佐川に袖にされ、一人で藩邸に急いだ。


平九郎は大内藩邸に戻った。

奥書院では矢代と共に盛清が待っていた。

「どうじゃった」

盛清は勇んで問いかけてきた。自分の企みがうまくいかないはずはない、と確信している。何か取り繕って言うべきかと考えたが、下手な誤魔化しは盛清に見抜かれる。

「それが……」

平九郎は大曽根と高峰とのやり取りを語った。

のっぺらぼうの矢代は無表情としても、盛清さぞやは立腹すると思いきや、

「なるほどのう……高峰も大曽根もわしの魂胆を見透かし、わしの建白に乗るふりをして当家を監視下に置いたということか。うむ、やりおるわ」

どこか楽しそうに答えた。

「大殿……」

予想外の盛清の反応に平九郎は口をあんぐりとさせた。

「わしが怒るとでも思ったか」

盛清は自分の顔をつるりと撫でた。

「はあ、あ、いえ、その」

慌てて平九郎は取り繕おうとしたが、

「おまえの腹の中なんぞ、しっかりと見通しておるわ」

盛清は愉快そうに笑った。

すくなくとも盛清の機嫌が良いことにほっと安心をした。

「大殿、これで藩札は引き続き発行できますが、その代わり、当家は高峰塾や大曽根の監視下に置かれますぞ」

平九郎は危機感を示した。

「なに、構うものか。鉄張りの船は下屋敷で造作する。いつでも検分にくればよいのじゃ」

盛清は強気の姿勢を崩さない。

「そうであればよいのですが」

平九郎はそれでも不安を隠さない。

盛清は矢代を見た。

矢代が、

「実はな、大曽根さまが御老中に就任なさって以来、今市藩の内情が漏れておるのだ。それを訝しんだのは浜名家の留守居役熊野庄左衛門殿なのじゃがな」

「ひょっとして、勘定方の竹本弥次郎殿の切腹はそのことと関係があるのでしょうか」

平九郎は問いかけた。

「ある、と熊野殿は睨んでおられる」

矢代は言った。

「詳しく話をして頂けませぬか」

胸がどきりとなって平九郎は問いかけた。

竹本は高峰塾で経世について学んだ。

今市藩で産業を興そうとした竹本は今市の土地に根付いた産品を育て、それを産業にしようと考えた。

そこで、竹本は今市領内の詳細について様々な事を高峰に相談すべく報せたそうだ。

そこには、浜名家が極秘に進めていた鉱山開発などもあったという。高峰は鉱山開発に関する本を与えられたそうだ。

いや、竹本はうかうかと高峰に相談などはしない。

高峰塾の書庫、そこは塾生であれば出入り自由であったがそこで竹本は熱心に鉱山開発に関する本を読んでいたのだ。

「それが高峰薫堂の目に留まった、のですか」

平九郎が問いかけると、

「高峰塾では塾生が読んだ本を記録しておるようじゃな」

矢代は答えた。

「高峰が竹本殿の読んだ本に一々、目をつけていたということですか」

平九郎は問いかけた。

「というか、高峰ははなから今市藩に狙いをつけていたのではないか。それで、竹本が興味を持つ書籍を見張らせたのだ」

矢代が言うと、

「わしものっぺらぼうの申すことに賛成する」

盛清は言った。

平九郎もそう思う。

「すると、竹本が鉱山開発に興味を抱いていることに高峰は着目をし、親切ごかしに相談に預かるふりをして、様々な秘密事項を聞き出したのではないでしょうか」

平九郎が考えを述べると、

「やっと、頭が回ってきたか」

盛清はうなずいた。

「はい」

返事と共に平九郎は燃え滾《たぎ》る血潮を感じた。

「高峰は塾に事寄せて、これと狙いをつけた大名家に罠《わな》を仕掛けておるということだ」

盛清も怒りの形相となった。

「今回は大内家に狙いを定めておるようです」

平九郎は言った。

「ふん、わしを甘く見ておると、痛い目に遭わせてやるぞ」

盛清は俄然《がぜん》、やる気を見せた。

「鉄張りの船を造作なさるのですか」

平九郎が問いかけると、

「おお、造ってやる」

盛清は腕捲りをした。

「大殿！」

平九郎が声を大きくすると、

「なんじゃ、諫めるのか」

盛清は言った。

「いいえ、大いにやりましょう」

平九郎も勇《いさ》んだ。

「ふん、調子に乗りおって」

言葉とは裏腹に盛清はうれしそうだ。

「となりますと、先日訪れた木曽屋で良き材木を調達せねばなりませぬな」

平九郎は言った。

「まさしくじゃ、木曽屋め、先日はわしの目を誤魔化《ごまか》そうとしたのじゃ。まったく、見え透いた芝居など打ちおって」

盛清は木曽屋をくさした。

「火事の稽古と申しておりましたな」

平九郎が言うと、

「もっともらしい嘘じゃが、わしは騙されぬぞ。あれはな、わしが注文した材木が手に入っておらなかったから、そんな言い訳をしたのじゃ」

盛清は言った。

「その時、高峰塾の大滝左京介が訪れておりました。また、高峰塾には鉄張りの船や水軍を造作するために木曽屋から沢山の材木、檜や杉が運び込まれていました」

佐川から聞いた、と平九郎は報告した。

「ふん、何が高峰塾じゃ。木曽屋め、わしよりも高峰塾を優先させるとは憎き奴じゃのう」

盛清は歯嚙みした。

「木曽屋に拘らなくともよいのではありませぬか」

という平九郎の考えに、

「たわけめ。舐められたまま引っ込めるか。こうなったら意地でも木曽屋から調達してやる」

盛清は意固地になった。

やれやれ、と思っていると、

「おおそうじゃ、高峰塾の協力も求めようか」

盛清は手で膝を打った。

「どのような」

と、平九郎が訊く前に矢代が問いかけた。

さすがに矢代も危機感を抱いたようだ。

「高峰塾は鉄張りの船を造作する手順がわかっておるのであろう。造作できる船大工がおるに違いない。その者たちを下屋敷に呼ぶのじゃ」

盛清にしてはまっとうな考えで、

「それはようございます」

と、平九郎も賛同した。

「高峰塾にとっても大曽根にとっても、検分の手間が省《はぶ》けるというものじゃ。わざわざ検分の日を設けなくとも、船大工どもと共に下屋敷を来訪すればよいし、船大工どもに話を聞けばよいのじゃからな」

この盛清の意見にも同意できる。

「なるほど、それはようございます。では、明日にも木曽屋に出向き、材木を調達してまいります」

早速動こうとした平九郎に対し、

「そうじゃのう」

珍しく盛清は迷う風である。

「いかがされました」

気になって問いかけると、

「木曽屋伝兵衛、果たして大内家に材木を売りおるかのう」

盛清は疑問を呈した。

「無理にも売らせます」

「となると、高い値を吹っかけてくるぞ」

「ならば、他の材木問屋を当たる、と言ってやります」

平九郎は言った。

「駆け引きの上ではよいが、やはり良質の杉と檜となると木曽屋に勝《まさ》る材木問屋はない。木曽屋の材木が欲しいところじゃ」

「お言葉ですが、材木の質にそこまで拘ることはないと存じます。まずは試作品を造作なさるのですから」

平九郎の考えを、

「だめじゃ。試作というのはな、成功させなければ意味がないのだ。よって、一切の妥協はせぬ」

例によって盛清は意固地になった。

矢代が、

「ともかく、木曽屋で交渉をせよ」

と、命じた。

逆らうわけにはいかない。

平九郎が承知をしたところで、藤間源四郎が平九郎に面談を求めているそうだ。

「丁度良い。藤間殿に木曽屋を探ってもらったのです」

平九郎が言うと、

「そうか、とんまにな」

盛清も興味を示した。

藤間がやって来た。

木曽屋の印半纏を着た川並の格好をしていて、それが様になっている。

「木曽屋に行ってまいりました」

藤間は報告を始めた。

木曽屋の材木置き場には良質の杉と檜が山と積まれている。

「節の目立つ粗悪な材木は一本たりともありません」

藤間は報告した。

「そうか、ならば、大内家の買い取り分もあるだろう。それだけ大量に仕入れておれば、木曽屋は割安で仕入れたはずじゃ。清正、材木置き場に伝兵衛を引っ張っていって値の交渉をしろ。これだけ沢山仕入れたのなら、安く大内家に回せるだろうと言ってやれ」

盛清はすっかり機嫌を良くした。

すると藤間が申し訳なさそうに、

「水を差すようですみませぬが、売り先は決まっておるようですぞ」

「なんじゃと」

盛清は顔を歪めた。

平九郎が、

「ひょっとして、高峰塾ですか」

「その通りです。材木には高峰塾買い取り済という札が貼ってあります」

藤間は報告した。

「全てにか」

盛清は念押しをした。

「全て……残らずです」

藤間ははっきりと答えた。

「木曽屋伝兵衛め高峰塾と結託《けったく》しておるな。まさか、強欲《ごうよく》な伝兵衛が海防のために尽くすとは思えぬ。それに、高峰塾も水軍を造作するのにそんなにも大量の材木が要るものか」

盛清は不満と疑念を示した。

するると藤間が、

「それにつきまして、伝兵衛と大滝左京介が気にかかるやり取りをしておりました」

と、言った。

「なんじゃ」

盛清は興味を示した。

「伝兵衛は大滝に、大量の高い材木を仕入れたのですから必ず買ってください、そうでないと大赤字だと心配したのです。対して大滝は絶対に損はさせない。高峰塾が全て買い取る、と確約をしたのです。その上で、更に材木をどんどん仕入れるよう求めました」

　藤間は報告した。

「どれだけの船を造る気じゃ」

　盛清は笑った。

「まったくです」

　藤間が応じてから、

「これは、船造りのためだけに材木を買い取っているのではないのかもしれません。いや、きっとそうです」

　平九郎が考えを述べ立てると、

「ならば、なんのためじゃ」

　盛清が問いかけた。

　もやもやとしたものは胸に湧き上がっているのだが、具体的な姿が見えない。

　平九郎に代わって藤間が答えた。

「はっきりとした高峰と伝兵衛の企てはわかりませんが、伝兵衛について木場で耳にした履歴をお話し致します」

　なるほど、伝兵衛が何者なのか木場の材木問屋としか知らない。当たり前のように材木の商いをやってきたと思い、平九郎は感心を示さなかった。

しかし、大きな企てを抱く者は彼らなりの道理がある。道理は彼らが辿《たど》った半生にあるのではないか。

「木曽屋は三年前に大損をしたそうです。危うく、店が潰れるところだったとか」

藤間が言うには三年前、伝兵衛は木曽の他に紀州から大量に材木を仕入れたそうだ。

三年前の晩秋から冬にかけ、雨が降らず乾いた風の日が続いた。大火が起きるのが懸念され、それを伝兵衛は商いの好機だと見たのだとか。

例年よりも大量の材木を買い付け、大火に備えたのだとか。木場の材木問屋を出し抜いた材木の仕入れには成功したのだ。ところが大量の材木を積み込んだ五艘の船が嵐に遭遇し難破《なんぱ》してしまった。

「木場では火事を食い物にしようとして罰《ばち》が当たった、と言われたそうです」

伝兵衛は膨大な借金を背負った。

潰れそうになった木曽屋に救いの手を伸ばしたのが高峰薫堂だったそうだ。

「大損した明くる年、高峰がひょっこり木曽屋を訪れたそうです」

当時、高峰は尾張《おわり》徳川家に仕えていた。尾張家の財政を豊かにするための方策を次々と打ち出していたがその中に尾張家の領内であった木曽に目をつけ、たびたび木曽を巡回した。木曽の良質な材木を全国に広めようと思案していると、木曽屋伝兵衛を知った。

伝兵衛は木曽の杣たちが懇意にしている材木問屋であったのだ。高峰は江戸の木曽屋を訪ね、木曽の材木拡販について持ち掛けた。材木商として死にかけていた伝兵衛であったが高峰の励ましと木曽の材木拡販の構想に賛同して出直しを図ったのだった。

伝兵衛にまつわる藤間の話を聞き、

「伝兵衛は三年前の屈辱《くつじょく》を晴らそうとしているのではありませぬか。材木商の意地と自分を蔑んだ木場の材木商たちを見返そうと考えているのでは」

平九郎は考えを述べ立てた。

「それじゃ」

即座に盛清が賛同した。

「今年も雨が降らず、風は乾いておる……伝兵衛は三年前と同じく大火を見込んで材木を大量に仕入れたと申すのじゃな。今度は嵐に遭遇しないよう木曽から徐々に陸路で材木を運び込ませておる、ということか」

矢代も平九郎に同意した。

勢いづいた平九郎は続けた。

「今回、三年前と違うのは大火を期待しての賭けではありません。大火を起こしての商いではないでしょうか。しかも、儲けが大きい良質の材木を使う大名屋敷の何軒かを燃やすのでは」

平九郎の考えを受け、盛清が吠えるように続けた。

「その通りであろう。その企てには高峰薫堂が関わっておるに違いない。いや、高峰薫堂が企てたのじゃ。高峰は三年前の一件を耳にし、木曽屋伝兵衛が博打を厭わない、大儲けのためなら危ない橋も渡る男だと目をつけて近づいたのだろう」

平九郎も異存がない。

「高峰らの化けの皮を暴《あば》いてやらねばな。何が闇老中じゃ。海防に身命を賭す、などという戯言《ざれごと》をよくも言い立てたものじゃ」

盛清は憤《いきどお》った。

「許せませぬ！」

平九郎も怒り心頭に発した。

「さて、いかにする」

落ち着きを取り戻し、盛清は言った。

「まずは、木曽屋に参ります」

平九郎は言った。

四

翌十六日、平九郎は木曽屋にやって来た。

手代をつかまえ、

「伝兵衛に材木置き場で待っている、と伝えてくれ」

と言い置いて、返事を待たずに材木置き場に向かった。

寒風をものともしない川並たちの木遣り節が耳に入り、藤間がいた。藤間と目が合ったがお互い素知らぬ体《てい》を決め込んだ。

なるほど、山のように積まれた材木の塊があちらこちらにある。実に壮観であった。よく見ると、藤間に聞いた通り、各々の材木の塊には高峰塾買い取り済の札が貼ってあった。

程なくして伝兵衛がやって来た。

「これは、椿さま、ようこそおいでくださいました。大殿さまはお元気でいらっしゃいますか」

商人らしく伝兵衛はにこやかに揉み手をした。平九郎は挨拶も早々に、

「ところで、大殿より注文を入れていた材木なのだが」

と、材木置き場を見回した。

「それが……」

伝兵衛はぺこぺこと頭を下げ、売り先が決まっていると言った。

「高峰塾のようだな」

平九郎が確かめると、

「さようで……そう言えば、椿さま、高峰塾に入門なさったそうですな」

伝兵衛は話をそらした。

「そうだ。海防のための水軍造りの手助けをしようと思ってな」

平九郎が言うと、

「ご立派でございますな」

ここぞとばかりに伝兵衛は褒め上げ、盛清注文の材木については話そうとしない。

「木曽屋も高峰塾のためにこれだけの高級木材を大量に入荷したのであろう。水軍用の船を造作する材木だな」

平九郎は積み上げられた杉の木を手で撫でた。

「手前も、生意気でございますが世のため、人のためにお役に立ちたいと思っておりました。ほんの、わずかばかりの貢献でございますが、本当にお役に立ててうれしく存じます」

商人の笑みを引っ込め、伝兵衛は大真面目に言い立てた。

「中々、奇特《きとく》なことであるな。そんな風に昔から考えていたのか」

平九郎は言った。

「商人と申しますと算盤勘定にばかり気を取られがちでございます。手前も以前は金儲けに血眼《ちまなこ》になっておりました」

伝兵衛は言った。

藤間が仕入れてきた木曽屋に関しての噂話を思い出した。

「苦労した、と聞いたが」

平九郎が言うと伝兵衛は我が意を得たりとばかりに大きくうなずき、

「手前が悪いのでございます」

と、殊勝《しゆしよう》な顔つきになった。

「どうした、しんみりとなって……ひょっとして三年前の紀州の一件か」

平九郎が言うと、

「さようでございます」

伝兵衛の目が凝らされた。

「紀州から仕入れた材木を積んだ船が嵐で沈んだそうではないか。気の毒なことであったな」

平九郎が紀州の一件を話題にすると、

「ええ、まあ」

と、言った。

「その時も大量に材木を仕入れたそうではないか」

平九郎が言うと、

「手前どもの商いは博打でございましてな……」

その表情は真剣そのものであった。

「と言うと」

平九郎は問いかけた。

「木曽屋の身代《しんだい》を大きくするには博打も必要なのですよ。でないと、木場の材木問屋というのは身代も序列も決まっております。そこから抜け出せはしないのですよ」

材木問屋ごとにお得意が決まっている。幕府が必要とする材木の調達は入れ札であるが、入れ札にも裏があるそうだ。

「材木問屋が集まって談合をしております。今回は何処の材木問屋、次回は何処、という具合に該当する材木問屋が落札できるように入れ札の値を指定されているのです」

苦々しそうに伝兵衛は言った。

「そんな約定など無視して入れ札をするわけにはいかぬのか」

平九郎の問いかけに伝兵衛は苦笑を漏らした。

「お武家さまにはわからないでしょうな。そんなことをしたら、村八分《むらはちぶ》でございますよ。材木問屋仲間から爪《つま》はじきにされます。材木を融通し合うのにも差支えが生じてしまうのです」

「そういうことか。武士は相身互《あいみたが》いと申すが商人もか」

「よく言えば持ちつ持たれつです。いかにも、みなが幸せに商いを行ってよかろうというような気がしますが、それでは、ずっと同じ世界でございます」

「抜きん出た商人にはなれないということか」

平九郎は言った。

「その通りでございます。ですから、商いを続ける分には不足はないのです。しかし、手前はそんな暮らしは嫌になりまして……三年前に一《いち》か八《ばち》かの大勝負に出たんですよ」

伝兵衛は紀州から大量の材木を買い付けて運び込んだ。

「不遜だと思われるでしょうが火事を当て込みました」

しれっと伝兵衛は打ち明けた。

「大火が起きると予感したのか」

平九郎は訝しんだ。

「江戸は火事が多いのはご存じでしょう。大火もおよそ五年おきに起きております。そろそろ大火が起きるのではないか」

三年前は雨が降らず、乾いた空気の日が続いた。しかも風が強い日も多かった。伝兵衛は大火に賭けたそうだ。

「木場の材木問屋に気づかれないよう普段は木曽で買い付けしていましたが、紀州で材木を買い付けたのです」

材木問屋仲間を出し抜くつもりであったが、

「それが、とんだ裏目に出てしまいましてね」

伝兵衛は自嘲気味の笑いを放った。

材木を積んだ船は季節外れの嵐に遭遇して遠州灘《えんしゅうなだ》で沈没した。

「大損です」

船荷が破損した場合は廻船問屋の負担であるが、伝兵衛が船出を渋る廻船問屋を強引に説き伏せて出航させたのが咎められた。

「廻船問屋は嵐の到来を予想して船出の日延べを申し出たのですが、手前には焦《あせ》りがありました。他の材木問屋よりも早く、大量の材木を手に入れたかったのです」

その焦りが裏目に出た。

材木の代金は廻船問屋と話し合い、半分ずつ負担したが遭難した水夫たちの見舞金なども支払い大赤字になった。

「借金だけが残りました」

伝兵衛は泣き笑いをした。

「それは災難だったな」

「木場では罰《ばち》が当たったんだって、それはもう陰口を叩かれました。それで、手前はずいぶんと悔いたのです。商いにばかり貪欲になっていたのでは、目が見えなくなる、と」

しおらしく伝兵衛は言った。

「なるほど。それで、高峰薫堂先生とはどうして知り合ったのだ」

平九郎の問いかけを伝兵衛は取り繕うのではないか、と危惧《きぐ》したが意外にもすらすらと答えた。

「高峰先生は御三家、尾張大納言さまのご相談に乗っておられたのです」

高峰は尾張徳川家の殖産の相談を受け、重要な産品として木曽の木材に目をつけ、木曽一帯を隈なく廻り、杣たちとも深い繫がりを持っていた。

「二年前でござります。高峰先生は塾を普請するに当たり商人の心得を確かめたのだそうです。手前はその時、大損をしたばかり、後ろめたい気持ちでおりましたから、神妙になっておりました」

伝兵衛は世のため、人のために役立ちたいと答えたそうだ。

「それをいたく気に入ってくださいまして」

木曽屋は高峰塾御用達となったのだそうだ。

「なるほどな」

納得したように平九郎が言うと、

「万事塞翁《ばんじさいおう》が馬《うま》と申しますが、紀州でのしくじりがなければ、高峰先生とのお付き合いもなかったものと存じます。災い転じてと申しますか、いえ、なってなかった行いを改めたことがよかったのだと思います」

「なるほどな」

平九郎はうなずく。

「そんなわけでございますので、これらの材木は高峰塾へ納めるのでございます」

伝兵衛は言った。

「そうか、事情はよくわかったが、そこを曲げて当家にも」

平九郎は頼んだが、

「ですから」

伝兵衛は困った顔で断ろうとした。すると、平九郎は良いことを思いついたと口に出してから、

「そうだ、高峰塾の買い取り済みの材木を拝借しよう」

「はあ……」

伝兵衛は素《す》っ頓狂《とんきょう》な声を出した。

「借りるのだ」

平九郎は繰り返した。

「借りる、と申しましても……」

困惑して伝兵衛は悩み始めた。

そこへ大滝左京介がやって来た。伝兵衛は地獄に仏を見たような安堵の表情となり、

「大滝さま、実は」

と、平九郎が高峰塾納入分の材木を大内家に借り受けたいと頼まれたと言った。

「大滝殿、当家は御老中大曽根甲斐守さまより、海防の一環としまして鉄張りの船を造作することを許されました。当家ではそれを誉《ほま》れとしております。ですが、肝心の材木の調達、木曽屋を当てにしておったところ、全て高峰塾に納入するそうです。それで、当家としましては海防のために尽くすべく高峰塾の材木を借りたいのです。塾で確かめましたが、鉄張りの船を含めて船の造作は行われておりませぬな。ならば、その先駆けとして当家に試作をさせてくだされ」

と、頼んだ。

「なるほど、大内家の海防への熱意を感じますな」

大滝は言った。

「お願い申す」

平九郎は重ねて頼んだ。

「そうですな」

大滝は迷う風だ。

「試作ですぞ」

平九郎はそうは要らない、と言い添えた。

「よかろう」

大滝は言った。

「本当によろしいので」

伝兵衛は念押しをした。

「うむ」

大滝の了解を得て、

「ならば、当家に運びますぞ」

平九郎は材木の山を見上げた。

「それから、お願いついでですが」

と、大滝に向いた。

「船大工を派遣して欲しいのですよ」

平九郎は言った。

「船大工を」

大滝はおやっとなった。

「鉄張りの船を造作するとなると当家にはまるで手法がわかりませぬ。その点、高峰塾ならば技術を持った者がおりましょう。そこは是非とも、お知恵を含めて大工の手をお借りしたいのです」

平九郎は言った。

「そうですな」

大滝は迷う風であった。

「ならば、よろしくお願い致します」

平九郎は話を切り上げてすたすたと歩き去った。

平九郎がいなくなってから、

「厄介ですな、大内家というのは」

伝兵衛が言った。

「よい、今はこちらも融通が利くことを知らしめてやった方がよい。そのうち、こちらの手の内に入るのだ」

宥めるように大滝は言った。

「さようでございますな」

伝兵衛も納得するように言った。

「それにそなたはこれから木場を牛耳《ぎゅうじ》るのだぞ」

大滝は言った。

「高峰先生のお陰でございます」

殊勝に伝兵衛は言った。

「いよいよ、計画を実行するぞ。最後の入荷はいつだ」

大滝は問いかけた。

「明後日でございますな」

伝兵衛は答えた。

「よし」

大滝はうなずいた。

「いよいよですな」

身が引き締まる、と伝兵衛は言った。

「そうじゃ」

大滝は言った。

「必ず高峰先生にご恩返しをしたいと存じます」

殊勝に伝兵衛は言う。

「その心がけだ」

大滝は満足そうにうなずいた。

「それにしましても、高峰先生の深謀遠慮たるやまことに見事でござりますな」

感心する伝兵衛に、

「それゆえ、一橋大納言さまのご信頼厚いのだ。今や、闇老中、高峰薫堂はこの世に怖い者はない」

大滝が豪語《ごうご》すると、

「闇老中さまの右腕たる大滝さまのご威勢も高まるばかりでござりましょう」

伝兵衛は追従を言った。

「わしは、地位などはいらぬ。下手に公儀の役職に就いては不自由な暮らしを強いられるからな」

大滝は笑った。

「そうかもしれませぬな」

伝兵衛も賛同した。

「人生、一度きりじゃ。思う存分、楽しむのがわしの考えよ」

大滝は言った。

「手前も賛同します。どうせ、一度きりでございます。思う存分の商いをせねば、商人として生きる値打ちはありません」

強い意志を込めて伝兵衛は言った。

「そこに先生は好意を抱いたのだ」

大滝も褒め称えた。

「とにもかくにも、この木曽屋伝兵衛、一世一代の大勝負です」

伝兵衛は拳を握りしめた。

「それはわしも同じよ」

大滝も応じた。

寒風に吹かれながらも大滝と伝兵衛の野望の炎は燃え上がる一方であった。

第五章　激闘高峰塾

一

十八日の朝、平九郎と佐川は高峰塾にやって来るや高峰薫堂に面談を申し入れた。講義を終えるまで待つよう言われ、その間武芸道場で塾生の指南に当たる。

稽古の合間に大滝左京介に、

「そろそろ、船戦の指南を頂きたいものですな」

佐川が申し込んだ。

「まあ、そう急かされるな。物事には順序というものがある」

もっともらしい顔で大滝は佐川を宥めた。

佐川はそれでは納得できないとばかりに、

「そりゃ、順序はあるだろうよ。でもな、戦に順序はあるのかい、順序を守るのかい。夷敵は手順を踏んでくれないぞ。剣術の立ち合いのように、勝負始めの合図なんぞあるまい。孫子《そんし》の兵法、兵は詭道《きどう》なりだ。戦は騙し合いってことだよ……こりゃ失礼した。釈迦《しゃか》に説法ですな」

と、冗談めかして責め立てた。

「いかにも戦に法などは通用せぬ……」

気圧《けお》されたように大滝も認めた。

「合戦のやり方を講義してくれないとなあ……まあ、明日にも夷敵が攻めてくることはなかろうが、備えあれば憂いなし、だ。それに、肝心の鉄張りの船の造作もまだではないか。海防に熱を入れておられる閣老中さまにしては、ずいぶんとのんびり構えておるのだな。それとも、おれのような凡人にはわからない深謀遠慮があるのかな」

佐川は顎を掻いた。

「佐川氏のお考え通り、高峰先生にはお考えがあるようだ」

苦しい言い訳のようなことを大滝は言った。

「さぞや深いお考えなんだろうな」

大きく伸びをし、佐川はあくび混じりに言った。その態度を不遜と受け止めたよう

で、

「妙な勘繰りはやめなされ」

大滝は強い口調になった。

佐川は真顔で大滝を見返し、

「勘繰りではない。おれが高峰塾に入門したのは海防を心配したからだ。おれに限らず、塾生はみな同じ思いだぞ。一日も早く水軍を編成し、船戦に備えたいのだ。貴殿も海防への熱い気持ちをお持ちであろう。ならば、早く船戦を学ばせたいのではないか」

正論だけに大滝は反論できないようで、

「まあ……」

と、言葉に詰まった。

それまで二人のやり取りを見守っていた平九郎は頃合いが良いと判断し、

「高峰先生に鉄張りの船についてご教授願いたい」

と、強い態度で願い出た。

「先生に代わってわたしがお教えしよう」

大滝は躊躇ったが、

「それはいけませぬな。大内家は公儀に願い出て鉄張りの船の造作を許されました。大滝殿の好意には感謝申し上げるが、当家としましては一日も早く鉄張りの船を完成させたいのです。ならば、高峰先生をおいて他に教えを請うことはできませぬ。当家は必死なのです。大殿以下、家臣一同一丸《いちがん》となって海防に尽くす所存《しょぞん》。どうか、高峰先生にご指導を……」

口角泡《こうかく》を飛ばさんばかりの勢いで平九郎は言い立てた。

「大滝氏、頼むよ」

佐川も言葉を添える。

「……承知した。しばし、お待ちくだされ」

根負けしたように言うと大滝は講堂へと向かった。

大滝の背中を眺めながら、

「平さん、中々、良い芝居をしたじゃないか。それとも、海防への思いは芝居じゃないか」

佐川は問いかけた。

「むろん本気ですよ」

さらりと平九郎は答えた。

「見上げた心がけだな」

平九郎の肩をぽんと叩き佐川は感心した。その後、決して茶化《ちゃか》しているのではない、と言い添える。

平九郎は佐川を見返し、

「日ノ本にとって限りなく重要な海防、高峰薫堂が海防を、邪念《じゃねん》を以て己が野心の道具にしようとしておること、本気で暴き立ててやります」

明瞭な口調で言った。

「おう、その意気だ。おれももちろん本気だ。お気楽ではないぞ」

珍しく佐川も真剣な顔つきとなった。

普段のど派手な小袖の着流し姿ではない紺の道着と相まって宝蔵院流槍術の達人の威風を放っていた。

二

程なくして大滝が高峰を伴って戻って来た。

「いやあ、椿殿、大内家の熱意、しかと承りましたぞ」

鷹揚に高峰は言った。

「早速ですが、鉄張りの船造作につき、ご教授頂きたい。できましたなら、当家の屋敷に船大工の手配を願いたい」

平九郎は言った。

「急いては事を仕損ずる。じっくりとまずは当塾で学ぶがよいと存ずるが、そうは申しても、鉄は熱いうちに打てとも申す。よかろう。船大工の手配をしよう」

高峰は請け合った。

「ありがとうございます。大殿も心強く思われることでしょう。大いに感謝を申し上げまする」

大仰に平九郎はお辞儀をした。

「おれからも礼を言うよ」

佐川も頭を下げた。

高峰は慇懃に挨拶を返してから、

「時に」

と、話を変えた。

平九郎は高峰に向いた。

「大内家は大変に海防に熱心であるが、それは何のためであるかな」

高峰の目は凝らされている。平九郎と大内家の海防に対する思いが偽りではないだろうな、と見定めているようだ。おまえのような邪心はない、と平九郎は内心で高峰を糾弾《きゅうだん》しつつ答えた。

「むろんのこと、大内家は公儀並びに日ノ本を夷敵から守らねばという使命感で沸き立っておりますぞ」

「それは見上げたお心がけと存ずる。こんなことを申すと天邪鬼というか、意地が悪いと思われるかもしれぬが、その腹の内はどのあたりにあろうな」

高峰は勘繰った。

「おっしゃっている意味がわかりませぬ。どういうことですか」

平九郎は心外だと言い添えた。

「なに、下衆《げす》の勘繰りじゃ。じゃがな、わしは経世家、下衆の勘繰りが御家、公儀、世の中に役立つことはよく存じておるのだ。悲しいかな、人は欲で動くものじゃ。そして世の中はそんな人が動かす。欲を活用することが物事を成就させるのじゃ」

高峰は小言《こごと》を並べてしまったな、と自嘲気味の笑みを浮かべた。

ここで佐川が、

「闇老中さまよ、あんたの話はまどろっこしいよ。すっと、言ってみな。おれみたいな竹を割ったような真っ直ぐな男にもわかるようにさ」

と、捲し立てた。

これは失礼した、と高峰は断ってから、

「大内家の利を訊いておる。手助けをしてやろう。横手誉の売り先の拡大を助けてやってもよいぞ」

と、言った。

「その件はお断りしました」

平九郎は礼を言い添えた。

佐川が、

「随分とご親切じゃないか」

「申したように利が物事を成就させるからのう。江戸はなんと申しても上方の清酒の評判がよい。上方以外なら、安価な関東地回りの酒だ。横手誉は分《ぶ》が悪いぞ。じゃが、わしなら、上方の酒にも負けぬほど、江戸中に行き渡らせてみせる」

自信たっぷりに高峰は言った。

「ご親切はありがたいのですが目下、横手誉につきましては喫緊《きっきん》の課題ではございりませぬ。海防こそが重要と当家では考えております」

　平九郎は言った。

「そうであるか」

　疑わしそうに高峰は受けてから、

「しかし、いずれはもっと販路が拡大すればよいとは思わぬか」

　高峰は繰り返した。

「いずれは」

　短く答え、平九郎は高峰の心中を推し量った。

　高峰は執拗《しつよう》に横手誉の販路拡大の利をちらつかせている。木曽屋との関係を深掘りしてみるか。

「販路拡大と申せば高峰先生と木曽屋は深い繋がりがあるようですな。その繋がりの経緯をお話し頂けませぬか」

　平九郎が問いかけると、渋ると思いきや高峰はよかろうと積極的に応じてくれた。一流の経世家を自負しているだけあって、木曽屋の一件は誇るべき実績であるのかもしれない。

「三年前、木曽屋は一発当ててやろう、大儲けをしてやろうという野心を抱き、紀州から材木を買い付けた」

三年前の木曽屋の大損の経緯は藤間源四郎が聞き込んできたこと、平九郎が伝兵衛から聞いた事実と変わらなかった。

「材木商として挫折した伝兵衛にわしは目をつけた。目をつけたのは、伝兵衛の木曽での仕事ぶりを評価してのことだ」

尾張家に雇われていた高峰はたびたび木曽を訪れ、杣たちと交流を持った。杣たちから聞く江戸の材木商の中で木曽屋伝兵衛が最も評判が良かった。

手間賃や杣たちへのいたわりであり、それは二百年以上に亘って木曽から買い付けてきた木曽屋累代《るいだい》の実績であったのだ。

その木曽屋が伝兵衛の博打のような商いで店が潰れてしまうと、杣たちは心配をしていた。

「そこで、わしは江戸に出向いた」

高峰は木場の木曽屋を訪れた。失意のどん底から抜け出せない伝兵衛を高峰は励ました。

「わしは、進取《しんしゅ》の気性を抱いた者が好きなのじゃ」

高峰は笑顔を見せた。

「なるほど、それで高峰先生はいかがされたのですか」

興味深そうに平九郎は問いかけた。

「わしは、木曽屋の材木を尾張家の江戸藩邸に売り込んでやった。尾張家には出入りの材木商がいたが、その材木商は尾張家江戸藩邸の勘定方の役人に多額の袖の下を贈っておった。その不正をわしは正したのじゃ」

高峰は自慢したが、要するに賄賂《わいろ》を貪《むさぼ》る役人に代わって自分が木曽屋を使って賄賂を得たのだろう。

「出入りの材木商を出入り止めには追い込まなかったがな」

おそらくは、木曽屋を新規参入させる見返りを高峰は得たのだろう。

すると平九郎の心中を察するように、

「なんじゃ、わしが賄賂を貪った、と勘繰っておるのじゃな」

高峰は勘繰った。

躊躇いもなく、

「そう思うよ」

遠慮会釈なく佐川は言った。

高峰は大きな声を上げて笑った。

「それは欲が世を動かすということじゃ」

悪びれもせず、高峰は言った。

「物は言いようだぜ」

佐川は肩をそびやかした。

「武士道はどうなるのですか。夷敵と戦う上で武士の武芸に加えて魂が大事だとは、高峰先生のお言葉でしたぞ」

平九郎は責め立てた。

「いかにも、その通りである」

高峰は持論を展開した後に、

「大内家の名産品であるが……名産品をより多く売ってやろう」

思わせぶりににんまりと笑った。

すると佐川が、

「だから闇老中さまよ、横手誉はじっくりと腰を据えて売り込んでゆくのだよ」

と、割り込んだ。

平九郎もうなずくと、

「じっくりなどと考えておると機を逸《いっ》するぞ」

高峰は言った。

「機を逃す……」

呟くと平九郎は佐川と顔を見合わせた。

「横手誉。実は一杯、飲んだが中々いけるな」

高峰に言われ、

「横手誉をお飲みになったのですか」

意外な気がして平九郎は問い返した。

「ああ、飲んだとも。あれなら上方の酒に引けを取らぬ。大内家はもっと自信を持って横手誉を造り酒屋で大量に造らせろ。大量に造って買い取るのだ。藩札でな」

高峰の考えを受け、

「そんなに酒を買ったところで、売れやしないぜ」

佐川が異を唱えた。

平九郎もそうだ、と賛同した。

佐川が続けた。

「博識の闇老中さまならご存じだろう。江戸には上方から質の良い酒が年に百万樽も下ってくるんだ。江戸っ子は口が奢《おご》っているからな、上方の上等な清酒には目がない。

懐具合が寂しくなったら、関東地回りの酒を飲む。江戸っ子は箸を割らないっていうのを自慢している。沢山の肴を食べながら飲むのは野暮《やぼ》だ、江戸っ子の風上にも置けないってな。指しゃぶって五合飲むと誇らしげに言う輩もいるさ。要するに肴に使う銭があったら酒に回すんだ。平さんや大内家の面々には失礼だが、わざわざ出羽の国から運ばれる酒を飲みはしないぞ」

悔しいが佐川の言う通りだろう。

そのことは江戸育ちの盛清はわかっているのだ。それゆえ、自分が興味を持ったことにはあれこれと事細かに口出しや指図をする盛清が横手誉の販路拡大にはやかましくないのだ。自ら肝煎《きもい》りで醸造させ、満足のゆく味わいとなり、思い付きで江戸でも売ろうとしたが、現実の壁に阻まれ盛清も後悔しているだろう。

「繰り返すが、横手誉は、上方の下《くだ》り酒、そう、伏見や灘の造り酒屋の酒にも劣らぬ美味であったぞ」

やけに高峰は横手誉に肩入れをしたがる。

「そりゃ、良い酒だよ。相国殿、つまり、大内の大殿が国許のこれぞと見込んだ造り酒屋に醸造させたんだからな。ただ、それだけに高価なのが玉に疵《きず》だ。藩邸の煮売り屋に置いてあるが、酒に目のないおれだって飲むのが躊躇われる。横手誉を飲む時はな、直しを飲んでおいて締めに飲むんだ……ま、そんなことはどうでもいいがな」

がははと佐川は笑った。

佐川の話を補うように平九郎は言った。

「高峰先生は値を下げよと申されるかもしれませぬが、大殿はお許しになりませぬな」

高峰は余裕の笑みを浮かべ、

「経世の心得として聞いておくがよい。横手誉の値は下げる必要はない」

と、断じた。

興味深い方策が聞かれるかもしれないと平九郎は身構えた。

高峰はこほんと空咳をしてから語り出した。

「物の値は売り手の都合ばかりでは決まらない。買い手の懐具合い、あるいは都合にもよるのじゃ。欲しがる者が大勢いるのに、売る物が少なかったら値は高くなる。米の値が良い例だ。飢饉《ききん》になれば米の値は暴騰《ぼうとう》する。しかしながら、豊作であれば米が余り、値は下がる」

嚙んで含んだように説明すると高峰はわかるな、と念押しをした。

平九郎は首肯し、

「火事が起きた時の材木もですね」

すかさず返した。

「まさしく」

わかっておるな、というように高峰は笑みを浮かべた。

佐川は苛立つように、

「何が言いたいんだい」

と、問いかけた。

「酒の値も変わるということだ。酒の飲みたい者は大勢いるのに、口に入る酒が少なければ値は上がる」

高峰は言った。

佐川がにんまりとし、

「江戸が大火になったら酒屋も焼け、酒がなくなるから、横手誉は高い値で売れる、と言いたいのかい。でもな、江戸は火事になろうと江戸の町人は火事慣れしている。酒屋だって安い材木で仮小屋を建てて営業を再開するさ。酒は上方から下るのだから、すぐに売ることができるよ。それに、火事見舞いに酒は付き物だ。焼け太りをする酒屋もいるだろうぜ。だから、横手誉の付け入る隙はないよ」

と、持論を展開した。

すると今度は高峰がほくそ笑んだ。

何か魂胆がありそうだ。

「公儀は何度か酒造統制《しゆぞうとうせい》の法度《はつと》を発してきた」

佐川が、

「近々また酒造統制令が出るのかい」

と、問いかけた。

高峰が言うように幕府は酒造統制令を出してきた。大量に米を使用する酒造を制限することで米の供給を滞《とどこお》らせない目的である。この名目により上方からの酒が江戸に下る量の制限も設けられる。

「半年の後に出させる」

高峰は言った。

上方からの下り酒が減れば酒屋は扱う酒に苦労するだろう。関東地回りの酒は口の奢った江戸っ子には、「安かろう、まずかろう」と見下されている。そのため、入荷してもそれほどの値上げはできまい。

高峰の力を以てすれば、酒造統制令は発令されるに違いない。

「さすがは、闇老中さまだぜ」

佐川は感心した。

「そういうことじゃ」

高峰はにやりとした。

「酒造りを絞らせ、江戸に入ってくる酒を制限するのですね」

念のためだと平九郎は確かめた。

「酒造統制の法度が出れば、おのずとそうなろう」

「しかし、そんなにも酒は飲まれるものでしょうか」

平九郎は高峰の目算《もくさん》通りにはいかないのではないか、と疑った。

「江戸の者は酒が好きだ」

高峰はむきになって繰り返した。

佐川が、

「いくら酒が好きだって、飲むのには限界があるぞ。酒飲みの大会じゃあ、一人で二斗《と》飲んだって酒豪はいるが、そりゃ、稀《まれ》だ。闇老中さまらしくもない、捕らぬ狸《たぬき》の皮《かわ》算用《ざんよう》じゃないのかい。酒造統制が解除されれば上方から酒は下ってくる。それまでは、いくら安かろう、まずかろうでも関東地回りの酒で我慢するんじゃないか。おれならそうするぜ。直しだっていけるしな」

と、揶揄すると、

「そんなことはない」

高峰はむきになった。

ここが肝だ、と平九郎は感じた。酒造統制令の他に高峰には、なんらかの魂胆があるのではないか。

「その根拠は」

平九郎は畳み込んだ。

「火事だ。大火が起きれば、大勢の人足たちが江戸に集まる。酒はいくらあっても足りぬ」

高峰は言った。

やはり、火事か、高峰は大火を起こす気なのだ。

よし、腹の内を割らせてやろう、と平九郎は思い、問いかけを続けた。

「大火が起きるとは限らないでしょう。三年前も木曽屋伝兵衛はそれを見越して紀州から大量の木材を買い付けたが、それが裏目に出てしくじったではありませぬか」

「伝兵衛のしくじりは、運に賭けたことであったのじゃ」

冷静に高峰は断じた。

「嵐、火事、どちらも災害ですな。災害は人智では予測できません。いかにも運次第です。しかし、火事は火付であれば予測できる」

平九郎は言った。

「いかにも」

高峰は野太い声で平九郎の考えを受け入れた。

「高峰先生、まさか火事を起こす気ではありますまいな！」

思わず声を大きくして平九郎は迫る。

「そういきり立つな」

高峰は平九郎を宥めてから、

「火付とは申しておらぬ。大火が起きれば横手誉の販売が拡大する、と言いたいのだ」

あくまで冷静に考えを述べ立てた。

「なるほど」

一応、平九郎は納得の素振りを示した。

「もし、大火が起きたなら、わしは公儀に対し、酒造統制令を出すよう進言をする。

さすれば、あらかじめ、横手誉を大量に製造し、蓄えておいた横手藩大内家は濡れ手に粟《あわ》の儲けとなるのだ」

どうじゃ、と高峰は己が方策を誇った。

「そりゃ、良い考えかもな」

佐川も応じた。

「もし、大火でも起きたなら高峰薫堂の知恵に対価を求める。公儀に酒造統制令を出させるのにはそれなりの金がかかるからのう」

ヒヒヒと高峰は笑った。

折れた前歯の隙間から笑い声が漏れ、奇妙な音を響かせた。

「さて、それが……大火が実際に起きればの話ですな。大火が起きなければ捕らぬ狸の皮算用だ。三年前の木曽屋伝兵衛のように……それでは、横手誉を大量に造らせるわけにはいきませぬ」

高峰を挑発するように平九郎は言った。

もう一歩だ。もう一歩で高峰の魂胆、大火を起こすという陰謀《いんぼう》を白状させよう。

平九郎の意図を察した佐川も言い立てた。

「そうだ、大火が起きぬ限り、絵に描いた餅だ。なあ、闇老中さまよ」

「まさしく」

平九郎も応じる。

「そうじゃのう。こんなことを申しては不遜じゃが大火が起きることを願うものじゃのう。誰ぞ、火付をせぬか……江戸は東照大権現《とうしょうだいごんげん》さまが幕府を開かれて以来、これまでに四十度余り大火に見舞われておる。小火程度になると数えきれないほどじゃ。そして、火の不始末が出火の原因よりも付け火が多い。遥《はる》かに多い……このところ大きな火事はない。誰ぞ物好きが火を付けるかもしれぬな」

高峰は言ってから、

「あ、いや、望んでおるわけではないぞ」

と、笑った。

「悪い冗談ですぞ」

平九郎も声を放って笑った。

「きつい洒落《しゃれ》だな」

佐川も愉快そうに肩を揺すった。

ふと平九郎は疑問に駆られた。

「火付を働いた者は火炙りに処せられる。死罪の中でも過酷に過ぎる刑罰だ。そんな危険な目に遭うかもしれぬ火付などする者が跡を絶たぬというのは解《げ》せませぬ。ですから、そうそう都合よく火付など起きぬのではないですか」

これには高峰ではなく佐川が答えた。

「ところがな平さん。江戸って所は国許と違って雑多な者が集まってくるんだ。人別《にんべつ》帳《ちょう》に載っていない無宿《むしゅく》者《もの》も珍しくはない。面白半分に火付をする輩もいる。人別帳に記載されている町人だってな、借財に困って火を付けるなんてことはよくあるんだ。大火、火付、不審がられはしないさ」

「なるほど、江戸は広いというか奥深いですな」

平九郎は妙に感心してしまった。

高峰は鷹揚にうなずき、

「そういうことだ。わしが火付、大火に期待する、いや、起きる可能性は大いにある、と考えるのもわかるだろう」

平九郎と佐川を交互に見た。

平九郎と佐川は高峰塾を後にした。

「語るに落ちる、とは高峰薫堂のことだな」

愉快そうに佐川が言った。

「まさしく、高峰と木曽屋伝兵衛の企みが大火を起こし、材木の値が吊り上がったところで売り飛ばす……売り先は大名屋敷ですな」

平九郎の推論に佐川も異を唱えなかった。

三

その日、藤間源四郎は木曽屋の印半纏を着込み、川並に成りすまして高峰塾に潜入した。大量の材木が高峰塾に運び込まれたのである。

藤間は材木を検分に来た高峰と大滝のやり取りを盗み聞いた。二十日の夜、高峰は木場にある木曽屋以外の問屋が備蓄している材木を焼き払った後、武家屋敷に火を付けようと計画しているとわかった。

木場の材木置き場に十人ばかりの男たちがいた。手に松明を持っている。夜空を星影が彩り、松明に暁栄五郎の巨体が揺れた。

木曽屋以外の材木問屋が材木を保管している。

「行くぞ」

暁は松明を頭上に掲げた。男たちは堆《うずたか》く積まれた材木に向かった。と、材木が音を立てて崩れる。

平九郎と佐川は木場の陰で暁たちの様子を見ていた。

「藤間さんが調べてくれたように、木曽屋以外の材木を極力減らす魂胆ですね」

平九郎が言うと、

「高峰薫堂、ずいぶんとご立派な経世家の先生でいらっしゃるぜ。さすがは利に長けていらっしゃる」

佐川は皮肉たっぷりに応じた。

男たちは材木を四方に囲んだ。

「やれ」

暁が命じた。それを合図に、大勢の人間が殺到する。高峰薫堂が雇った、川並や筏《いかだ》師《し》たちだ。

「しゃらくせえ」

川並の一人がわめくと松明を材木に投げた。他の者たちも材木を燃やそうとした。

ところが、

「もう、火は付けるな」

と、真っ先に火を付けた川並が言った。

川並は藤間源四郎である。

「おまえ、何を言い出す」

暁が巨体を揺さぶり藤間に近づいた。

「火を付けたのは明るくなるからだ。明るくなければ、悪党どもを取り逃がすからな」

藤間は言い放った。

「なんじゃと」

暁は目をむいた。

侍たちも色めき立つ。

炎が届かない闇から平九郎と佐川が飛び出した。

「さっさと、火をかけろ」

強い口調で暁が川並たちをけしかけた。

川並たちは恐れ、破れかぶれのように松明をぶん回して材木に火を付けようとした。

何本かの材木に火が付いた。

そこへ、佐川が
「出番だぜ！」

と、大きな声で呼ばわった。

佐川が懇意にしている町火消がやって来た。隠密の火消活動のため、纏《まとい》はないが、鳶口を手にした火消人足たちが燃え盛った材木に向かう。

「佐川の旦那、火消しは任せておくんなさい」

火消人足の力強い言葉に佐川はうなずき、

「仕事が終わったら、美味い酒をたらふく飲ませてやるぜ」

と、声をかけた。

「上方の清酒ですか」

期待たっぷりに火消たちは訊いた。

「横手誉って名酒だよ。伏見や灘の酒に勝るとも劣らない良い酒だぜ」

佐川が言った横で平九郎もうなずいた。

「聞いたことがねえ酒だが、口の奢った佐川の旦那のお墨付だ。ひとつ勝利の美酒に預かろうじゃねえか」

火消人足たちは鳶口で燃え移っていない材木を引っ張り始めた。

「ぼけっとするな！」

暁は侍たちをけしかける。

「よし、平さん」

佐川も鑓をしごいた。

平九郎は大刀を抜き、大上段に構える。

燃えた材木が篝火《かがりび》の役割を果たしている。炎に揺らめく侍たちは暁が率いていた若者たちだ。すなわち、高峰薫堂の親衛隊である。

平九郎は大刀を横に一閃《いっせん》させた。

侍の手から大刀が飛んだ。平九郎は踵を返した。直後、川並が鳶口で襲って来た。すかさず、平九郎は大刀を斬り下ろした。

川並の半纏が縦に真っ二つに切り裂かれた。炎に鯉《こい》の滝登りの彫り物が揺らめいた。褌一丁《ふんどしいっちょう》という臥煙《がえん》の心意気を示す姿にもかかわらず川並はしおれたようにうずくまった。

一方、大滝左京介は木曽屋の裏手に塾生を集結させていた。南の空を見上げながら、

「そろそろ、火の手が上がるんだがな。手間取っておるか。暁は何をしておる」

寒気が地べたからせり上がってくる。一味は手に息を吹きかけ、地団太《じだんだ》を踏みながら暁の報告を待った。

木曽屋以外の材木問屋の材木を焼き払ったところで、江戸市中に火を付ける。しかし、それは囮で、狙いは大名屋敷だ。

「いつまで待たせやがるのだ。凍えるぞ」

大滝は歯噛みした。

塾生たちは白い息を吐いた。

「よし、待ってることもない。暁たちは役割を果たすだろう」

大滝は塾生に向かって、「行くぞ」と怒鳴った。

その少し前、藤間が平九郎を呼んだ。

敵と斬り結んでいたが佐川に任せ、平九郎は刃傷沙汰の輪から離れ藤間の話を聞いた。

「木曽屋の材木の置き場に大滝と塾生が集まっていますよ」

藤間の報告を受け、

「佐川さん、ここは任せる」

平九郎は佐川に声を放ち木曽屋の材木置き場に走った。


平九郎は木曽屋の材木置き場に飛び込んだ。塾生たちは浮き足立ったものの大滝に叱咤《しった》され、刀を抜き、立ち向かって来た。

まずは一人を峰打《みねう》ちに斬り捨てた。

月明りを受け、平九郎の顔がほの白く浮かび上がった。

塾生たちは平九郎と気づき、たじろいだ。

「おまえたち、火付なんぞしてどうする」

大刀を八双《はっそう》に構えながら平九郎は問いかけた。

塾生たちは顔を見合わせ、大滝に向いた。

大滝は胸を張って、

「申したではないか。これは海防だ。海防には金がかかる。公儀が用立てられない金を高峰先生は捻出なさるのだ。そのための火付。なに、町人地は小火程度、火事になる大名屋敷は海防に微塵も理解のない太平楽《たいへいらく》の者ばかり。火事にでも遭った方が危機意識を抱けるのだ。ただの火事ではない。海防のため、世のための火付と心得よ」

と、身勝手にも程がある理屈を並べ立てた。

それでも高峰に洗脳された塾生たちは目を爛々《らんらん》と輝かせ、平九郎に向き直った。

「海防の敵、国賊、椿平九郎を血祭《ちまつり》に上げろ！」

大滝の掛け声と共に、塾生たちは平九郎に殺到した。

ところが、平九郎には歯が立たない。

指南を受けている平九郎が相手とあって塾生たちは腰が引けている。

「御免！」

一声発すると平九郎は塾生たちを次々と峰打ちで倒していった。

塾生たちを倒され、大滝は大刀を抜き大上段に構えた。ここは勝負せねばならない。

平九郎は改めて八双に構える。大滝はじりじりと間合いを詰めたと思うと、大刀を振り下ろしてきた。平九郎は迎え撃つ。

二人は鍔迫《つばぜ》り合いを演じた。大滝の力は強く、平九郎は押され気味となった。寒風が全身を包んだが、命をかけた真剣勝負に平九郎の額には汗が滲んでいる。

大滝は鋭い気合いと共に平九郎を押した。平九郎の身体が離れた。そこへ大滝の刃が襲ってくる。平九郎は地べたを横転した。それを大滝が串刺しにしようと大刀の切っ先を突き出してくる。

平九郎は横転しているうちに松の根元に追い詰められた。

大滝は好機とばかりに渾身《こんしん》の力を込め、突きを繰り出した。間一髪、平九郎は右に避けた。大滝の大刀が松の幹に突き刺さった。

「てえい！」

夜空に届くのではないかというほどの大音声を発し、平九郎は大滝の胴に峰打ちを放った。

大滝は崩れるように倒れた。

塾生たちがよろよろと起き上がった。

「みなさん、いい加減に目を覚ましなされ」

平九郎は怒鳴りつけた。

塾生たちの目は死んだ魚のようにうつろだ。

「大滝左京介は、いや、高峰薫堂は海防など考えてはおりませぬぞ。高峰の頭の中は金で一杯、海防は金儲けの隠れ蓑《みの》であり道具であるのです」

平九郎は説得にかかった。

塾生たちは半信半疑の様子だ。

「みなさん、ご覧になりなさい。ここ木曽屋の材木置き場には良質の材木が山と積まれ、拡大された生け簀も材木で溢れています。これは火事を見越しての買い付けです。つまり、高峰薫堂と木曽屋伝兵衛は示し合わせているのです」

平九郎の言葉に、

「おのれ」

「欺《あざむ》かれたか」

などと拳を握る者が現れた。

「わかってくださったようですね」

平九郎は微笑んだ。

そこへ、佐川がやって来た。

「こっちは退治してやったが暁栄五郎を取り逃がした。逃げ込み先は高峰塾だろうよ」

佐川の話にうなずき、

「佐川さん、行きましょう」

平九郎は高峰塾へ向かった。

四

平九郎と佐川は高峰塾の夏座敷にやって来た。無人ながら雪洞《ぼんぼり》の灯りが灯されている。天井の水槽が灯りに照らされ、竜宮城《りゅうぐうじょう》や魚が涼しそうに見える。人魚は泳いでいない。

ふと見ると隣室と隔てる襖は僅《わず》かに開いている。佐川は夏座敷を横切り、襖に至った。隙間から中を覗く。

ギロチンや西洋鎧が見える。

そして、ギロチンの前に女が横たわっていた。女は布切れで目隠しと猿轡《さるぐつわ》を嚙まされ、荒縄で胴と膝をぐるぐる巻きにされている。矢羽根模様の小袖を身に着けており、どうやら、高峰塾に奉公する女中のようだ。

事情はわからないが高峰の怒りを買ったのだろう。ひょっとして、高峰は女をギロチンにかけて首を刎《は》ねる気なのだろうか。

二人は襖を開け、身を入れた。

「おい」

平九郎が小声で呼びかけると、女は顔を上げた。

平九郎は女の傍らに忍び寄り、目隠しと猿轡を外した。

見覚えのある顔だ。

佐川と共に高峰に歓待された際、紅茶を運んで来た女中だ。佐川も気づいたようで、

「ひどい目に遭わされたもんだなあ。いや、これからひどい目に遭わされるところだったのか」

と、女に声をかけギロチンに視線を移した。

「ありがとうございます」

震える声で女は答えた。

「どうしたんだい」

佐川が問いかけると、

「紅茶をこぼしてしまったのです」

蚊の鳴くような声で女は答えた。書斎で書見中の高峰に紅茶を持っていき、茶器をひっくり返してしまったそうだ。幸い、火傷《やけど》はしなかったが紅茶は高峰の着物を濡ら

したという。

「それくらいのことで、こんな折檻《せっかん》をされたのか。まさか、西洋の打ち首の道具にかけられるんじゃあるまいな」

冗談めかして佐川は訊いたが、

「明日の朝に沙汰する、と先生はおっしゃいました」

うつむき加減に女は答えた。

「闇老中さまの気分次第ってことだな。とすると、明朝は極めて機嫌が悪いぞ。おれたちは闇老中さまのご不興を買うようなことをしでかしたからな」

佐川は哄笑《こうしょう》を放ってから女に高峰塾から逃げるよう勧めた。

女は躊躇いを示した。

逃げられやしない、たとえ逃げ出しても捕まえられる、と思っているようだ。身内に災いが及ぶことも気にしているのかもしれない。

その時、襖が開いた。

「やはり来たか」

暁栄五郎が巨体を揺さぶりながら入って来た。背後には白の道着を身に着けた高峰の親衛隊を従えている。二十人あまりいる彼らの中には鑓、薙刀、包丁、棍棒を手にする者がいた。暁の武器であろう。

佐川が女にギロチンの後ろに隠れろと囁《ささや》いた。言われるままに女はギロチンに向かった。

平九郎と佐川は顔を見合わせるや、不意に走り出した。

暁には目もくれず平九郎は親衛隊に斬り込んだ。刃と刃がぶつかり合い、青白い火花が飛び散る。数人の敵を相手に平九郎は果敢に白刃を交えた。

佐川も鐺で敵の脛《すね》を掃ってゆく。

脛を鐺で掃われ、数人の敵がもんどりうって転倒した。

「小賢《こざか》しい真似をしおって」

怒りの形相で暁は棍棒を受け取り頭上でぐるぐると回した。うなりを放ち、棍棒は平九郎に迫る。

間髪を容れず、平九郎は斬りかかった。

暁はお構いなしに棍棒を平九郎に振り下ろした。

平九郎は右に飛び退き、棍棒から逃れた。

反撃に転じようとしたところで、意外にも暁はくるりと背中を向け、部屋を出ていった。

「平さん、ここは任せな。暁を追うんだ」

鐺を使いながら佐川は声をかけた。

「頼みます」

平九郎は暁の後を追った。


暁は悪趣味極まる夏座敷に走り込んだ。

果たして平九郎が夏座敷に身を入れると暁が真ん中で仁王立ちをしている。

「ここで決着をつけるぞ」

平九郎が声をかけると、

「そう、急ぐな」

右手に棍棒を持ち暁は平九郎に向いたまま隣室と隔てている襖の側に立った。

平九郎は間合いを詰める。

すると、暁は棍棒で襖を殴りつけた。

襖は音を立てて倒れる。

佐川の声が聞こえた。

佐川はギロチンにかけられていた。

跪《ひざまず》いて首を板の丸い穴から突き出している。

「平さん、しくじった。あの女に騙されたよ」

佐川は顎をしゃくった。

ギロチンの横に女が立っていた。佐川によると親衛隊に襲われそうになった女を助けようとした際に欺かれたのだとか。女を背後に庇《かば》って敵と対峙したところで女から突き飛ばされた。

予想外の不意打ちを食らい、佐川は前のめりに倒れてしまった。そこを数人の敵に押さえ込まれ、ギロチンにかけられたのだった。

女にまんまと嵌められたのは平九郎も同様だ。女の嘘や芝居を見抜けなかったのだから。

佐川の頭上には巨大な刃がある。横に垂れ下がった紐を引けば刃が落下し、首を切断されるのだ。

そこへ、高峰薫堂が入って来た。

「お小夜《さよ》、でかした」

高峰は女を誉めた。

お小夜は恭《うやうや》しくお辞儀をした。

「椿平九郎、佐川権十郎の首が落ちるのを見よ」

暁がギロチンの横に立った。

高峰が、

「横手誉を売り込んでやろうと思ったのに残念だな。ひとつ教えてやろう。人の好意は素直に受けることじゃ」

と、楽しそうに語りかけた。

続いて暁が、

「佐川の首を切ったら、次はおまえだ。但し、おまえはおれの手で始末してやるぜ」

それを受けて高峰が平九郎に語りかけた。

「暁、そなたが椿を始末したがるのはわかるが、わしに面白い趣向がある。椿、おまえが望むなら佐川の代わりにギロチンにかけてやるぞ」

意地悪な笑みを浮かべ高峰は提案を投げかけた。

「そりゃ、面白い。身を捨てるか、我が身が可愛いか。椿平九郎の度量が試されるというものだ」

暁も細い目を糸のようにして笑った。

「平さん、おれに構うな。おれはな、たとえ首を切られても動いて見せるさ」

この期《ご》に及んでも佐川は芝居気たっぷりに言い放った。

「椿、どうする」

高峰は促した。

「断る！」

毅然と平九郎は返した。

高峰はむっとして、

「椿は仲間を見殺しにするのを選んだ」

と、暁に向いた。

暁は両手でギロチンの紐を持った。

するとお小夜は首が落ちるのを恐れたようで高峰に駆け寄った。

ところが恐怖に駆られたお小夜の足取りは覚束《おぼつか》なく、大きくよろめいた。反射的に高峰はお小夜を庇おうと視線が平九郎と佐川からそれた。

間髪容れず、平九郎は高峰の背中を押した。

高峰はつんのめり、ギロチンに倒れ込むと、佐川の背中に折り重なった。そこに刃が落下した。

血飛沫《ちしぶき》が上がり、刃は高峰の胴体を両断して止まった。

暁は茫然《ぼうぜん》と立ち尽くした。

お小夜は絶叫し、尻餅をついて動けなくなった。

すかさず平九郎はギロチンに駆け寄り、高峰の亡骸《なきがら》と刃を退かした。佐川は首を引っ込め、尻餅をついた。

さすがの佐川も顔面蒼白ながら額から汗を滴《したた》らせている。

「おのれ」

暁は親衛隊から薙刀を受け取り、平九郎に向かって来た。平九郎は脱兎《だっと》の勢いで夏座敷へと向かう。

そこへ矢が飛来した。

夏座敷も親衛隊がおり、長弓《ちょうきゅう》に矢を番《つが》えている。

平九郎は夏座敷の四隅に垂れる焦げ茶色の紐にぶら下がると弾みをつけた。

慌ただしい足音と共に親衛隊が殺到して来た。

平九郎は紐にぶら下がったまま身体を揺らし、群がる敵の顔面を蹴飛ばした。蹴られた二人は仲間にぶつかり、折り重なって倒れた。

佐川も駆けつけて来た。

「先生の仇《かたき》だ！」

晩の怒声が響く。

「おっと、暁さんよ。勘違いはいけねえよ。高峰薫堂を、闇老中さまを真っ二つにしたのはあんただぜ」

佐川は十文字鑓の穂先を暁に見せた。

暁は細い目を血走らせ薙刀を振り回したが、平九郎と反対側で紐にぶら下がった。左手に紐、右手には薙刀を持ち、弾みをつけて平九郎に向かって来る。

平九郎も左手で紐にぶら下がり、右手で刃を翳《かざ》す。

二人の身体が座敷の真ん中で交錯《こうさく》する。薙刀と大刀の刀身がぶつかり合った。

鋭い金属音が響いた後、二人は各々の四隅に戻った。

再び斬り結ばんと平九郎と暁は睨み合う。

平九郎は隅の柱を思い切り蹴飛ばし、勢いをつけた。

晩と交わる直前、

「てやあ！」

平九郎は暁の紐に飛び移った。

暁の頭上で平九郎は回転した。暁は平九郎を捕まえようと紐を上り始めた。平九郎も上り、天井に至るとそのままぶら下がる。

親衛隊が長弓で平九郎を射始めた。

矢は唸り平九郎をかすめ、天井を突き破った。

平九郎は大刀で矢を払い落とす。

佐川が鑓の柄で親衛隊を殴りつけた。長弓の親衛隊は追い散らされたが、代わって鉄砲を手にした者たちが現れた。

鉄砲の筒先が向けられているのもお構いなく、佐川は鑓を腰だめにして突撃した。

鉄砲が放たれた。

だが、及び腰となった敵の銃口は上を向いていた。弾丸は佐川を大きく外れ、ギヤマン細工の天井に当たった。

すかさず、平九郎は飛び降り、座敷を転がる。

「ああっ」

親衛隊から悲鳴が上がった。

水槽が割れて水や魚が座敷に降ってきた。

竜宮城を模《かたど》った石の模型も大音響と共に崩れ落ちた。

親衛隊の何人かが竜宮城の下敷きとなり、絶命した。

意外な成行きに暁は顔を引き攣らせたが気を取り直して、薙刀を構えた。

厳寒の時節、水浸しとなった座敷を平九郎はすり足で進み、暁に斬りかかった。暁は薙刀で平九郎の刃を防いだ。

夏座敷の畳を覆う水に場違いな氷の欠片《かけら》が混じっている。いつの間にか白々明けの空から雪が降ってきた。

雨戸が開け放たれているため、横殴りの風に乗って雪が吹きつける。既に庭は雪化粧を施していた。

平九郎は背後に跳び退き、大刀を下段に構え直した。

雪風巻《しまき》をものともせず、暁は薙刀を大上段に振り被り、突進して来た。

平九郎は腰を落とし迎え討つ。

座敷に溜まった水と氷などを蹴立て、暁は薙刀を横掃った。

平九郎は背後に跳び退き、暁と間合いを取ると大刀の切っ先を八文字に動かした。

次いで笑みをたたえる。

白雪にも負けない色白の肌が際立ち、平九郎の周囲に蒼《あお》い靄《もや》のようなものがかかった。

吹雪いているにもかかわらず、川のせせらぎや野鳥の囀りが聞こえてくる。

平九郎は笑みを深めた。今にも出羽の山中を駆け回らんばかりに楽しげだ。

無邪気な子供のような平九郎に、暁の殺気が消えてゆき、吸い寄せられるように視線が切っ先に集まる。

雪風巻の中にあっても、平九郎の太刀筋は鮮やかな軌跡を描いた。

暁の目には平九郎が朧《おぼろ》に霞《かす》んでいる。

しばしぼうっとなった後、暁は我に返り、憤怒《ふんぬ》の形相で斬りかかってきた。

が、そこにいるはずの平九郎の姿がない。

唖然とする暁の背後で、

「横手神道流、必殺剣朧月！」

平九郎は大音声を発するや、振り返った暁の肩先から鳩尾《みぞおち》にかけて袈裟懸けに斬り下ろした。

血飛沫を上げながら暁の巨体が畳に倒れ伏した。水と氷などが大きく跳ね飛んだ。

佐川が座敷を見回した。

「竜宮城、地上に出れば地獄の城……短夜《みじかよ》に人魚も寝たり竜宮城……か」

思いつくまま、佐川は俳諧《はいかい》とも川柳《せんりゅう》ともつかない句を並べた。

文政五年も暮れゆく師走の二十五日となった。

夕暮れ時、平九郎と佐川は神田明神下《みょうじんした》の小体《こてい》な料理屋で熱燗を汲み交わした。

「高峰薫堂の悪事が次々と明らかになったな」

佐川が言ったように、高峰は高峰塾に入門した大名家の家臣たちから経世家の立場で御家の内情を聞き出し、金儲けに勤しんでいた。

平九郎を通じて横手誉売り込みによる利を得ようとしていたばかりか、火付の首謀《しゆぼう》者《しゃ》に仕立てようとしていたそうだ。

「つまり、平さんとおれに塾生の武芸指南をさせたのは、惰眠を貪る大名を懲らしめる名目で大名屋敷に火付をさせた大滝左京介の役割をおれたちに被せるつもりだったってわけだ。いかにも深謀遠慮、いや、陰謀に長けた闇老中さまらしいやり口だぜ」

佐川は肩をそびやかした。

木曽屋は闕所《けっしょ》になった。伝兵衛が集めた材木は幕府が火事への備えとした。伝兵衛は八丈島遠島《はちじょうじまえんとう》に処せられたが、「一世一代の大博打が打てた」とうそぶき後悔していないそうだ。

当然、高峰塾は閉鎖され、老中大曽根甲斐守康明は病気を理由に老中を辞し、大曽根家の当主の座からも隠居した。二十八歳の若さでの隠居、しかも寺社奉行から老中に栄転した大曽根の転落を世間は高峰薫堂との関係によると噂をした。大曽根も高峰の悪事に加担していたのではないか、と読売は書き立てている。年が明けたら評定所に呼ばれ、高峰の悪事に加担していないか吟味されるらしい。

大曽根が追及されそうだが、高峰の権勢の源《みなもと》であった一橋治済を責める声は上がっていない。将軍実父を咎める者はいないのだ。

「お待ちどおさま」

お紺が弾んだ声で鍋を持って来た。

「鮟鱇鍋か」

湯気の立った鮟鱇鍋に自然と笑顔を誘われた。佐川の顔からも笑みがこぼれた。

この店は大内家が資金を出してお紺にやらせている。横手誉を売り込むに当たり、江戸っ子にも美味さをわかってもらおうと、平九郎の進言で出店したのだ。

直しや安価な関東地回りの酒も置いているが、横手誉を前面に売り出している。普及目的であるため、二合徳利百文を五十文で売っていた。それでも関東地回りの酒よりは高価である。

このため、月に五日、横手誉二合徳利を半値の二十五文にしたり、お猪口一杯を無償で試飲してもらい、横手誉の普及に尽くしている。

店を切り盛りするのは気立ての良いと評判のお紺の他にはいないと平九郎は重役陣

に推挙した。

異を唱える者はいなかった。

お紺本人もいつか小料理屋の女将になりたいという夢を持っていたそうで、店を任され大いに張り切っている。

「ところで、相国殿の鉄張りの船の造作はどうなった」

訊いてから佐川は、「訊くまでもないか」と呟いた。佐川の予想通り、盛清は鉄張りの船どころか釣り船の造作にも飽き、大工の、「だ」の字も口にせず、金槌ひとつ手にしていない。

高価な材木を買い入れる必要もなくなり、大内家としては一安心だ。

平九郎と佐川は鮟鱇鍋を食べ始めた。

味噌仕立ての出汁が鮟鱇の切り身によく染み渡り、厳冬の夕べにはこれ以上ない御馳走だ。

それに、

「いけるな、平さん」

佐川が絶賛したように燗がついた横手誉は絶妙に鮟鱇鍋に合っていた。

そこへばたばたと数人の男が入って来た。揃って印半纏に腹掛け、股引《ももひき》という格好からして大工のようだ。

「姐《ねえ》ちゃん、熱いの。いや、燗がついてなくていいや。仕事帰りで咽喉がからからだ。冷やでいいよ。二、三本持って来てくれや。肴《さかな》は適当に見繕ってくれ」

棟梁らしき男が威勢の良い声で注文した。

「あいよ！」

お紺も朗らかな声で応じ、二合徳利を三本と猪口をお盆に載せて男たちに持っていった。受け取るのももどかしげに彼らは酒を飲み始めた。

「こりゃ、いけるぜ」

「ほんと、すっと咽喉を通っていくよ」

「伏見か灘の酒なんじゃないかい」

などと口々に酒を褒め称えた。

「いいえ、関東地回りのお酒ですよ」

お紺はにっこり返してから、慌て出し、

「あらいけない。あたしったら、間違えて横手誉を出しちゃった」

と、自分の頭を拳で小突いた。

「なんでえ、横手誉って……耳慣れねえ酒だな。やっぱり、上方の酒かい」

棟梁は問い直すと、手酌で二杯を立て続けに飲み、「うめえ」と息を吐いた。

「出羽の国、横手のお酒なんですよ」

お紺が答えると、

「へ～え、出羽にもうめえ酒があるんだな。でも、これほどの上物《じょうもの》、値が張るんじゃないのかい」

棟梁はうなずきながらも疑問を呈した。

「二合で五十文ですよ」

お紺が答えると、

「やっぱり高えな」

棟梁は猪口に注ごうとした徳利を小机に置いた。

「いいんですよ。今日はあたしが間違えたんで、関東地回りのお酒と同じ十六文頂きます」

お紺は微笑んだ。

「いいのかい」

棟梁は大工たちと顔を見合わせた。

「その代わり、どうぞ横手誉をご贔屓《ひいき》にしてくださいね」

ぺこりと頭を下げお紺は調理場に引っ込んだ。

「姐ちゃん、名前は……」

若い大工が問いかけた。

「紺です」

調理場の中からお紺の朗らかな声が聞こえた。

「お紺ちゃんと横手誉か、みんな、贔屓にしてやろうじゃねえか」

棟梁の言葉に反論する者はいない。

「棟梁、横手って確か小野小町《おののこまち》の生まれた土地ですよ」

一人が言うと、

「お紺ちゃん、横手の出かい」

棟梁は調理場に届くような大声で訊いた。

「あたしは、下野の壬生ですよ」

お紺の声が僅かに曇ったのは竹本弥次郎を思い出したからかもしれない、と平九郎は思った。

佐川が平九郎に徳利を向けながら、

「お紺、この店の女将にぴったりだな。きっと、横手誉を広めてくれるぞ」

「わたしもそう思います」

平九郎は佐川の酌を猪口で受け、

「横手誉と関東地回りの酒、本当に間違えたのでしょうか。それとも、わざと……」

「どっちだっていいじゃないか。訊くだけ野暮ってもんだ。それにな、騙されても首が飛ぶわけじゃないさ」

佐川は自分の首を手でさすった。

そう言えばお小夜はどうしたのだろう。高峰塾が閉鎖され、奉公人も職を失った。それでも、武家屋敷へ奉公していたというのは立派な経歴になる。

お小夜の身を案じたところで、平九郎は自分のお人好しぶりに苦笑を漏らした。

二見時代小説文庫

暴《あば》け！闇老中《やみろうじゅう》の陰謀《いんぼう》　椿平九郎《つばきへいくろう》 留守居秘録《るすいひろく》 7

二〇二三年　一　月　二十　日　初版発行

著者　早見《はやみ》　俊《しゅん》

発行所　株式会社　二見書房
〒一〇一-八四〇五
東京都千代田区神田三崎町二-一八-一一
電話　〇三-三五一五-二三一一［営業］
〇三-三五一五-二三一三［編集］
振替　〇〇一七〇-四-二六三九

印刷　株式会社　堀内印刷所
製本　株式会社　村上製本所

落丁・乱丁本はお取り替えいたします。定価は、カバーに表示してあります。
©S. Hayami 2022, Printed in Japan. ISBN978-4-576-22193-9
https://www.futami.co.jp/

早見俊

椿平九郎 留守居秘録 シリーズ

以下続刊

①椿平九郎 留守居秘録 逆転！評定所
②成敗！黄金《きん》の大黒
③陰謀！無礼討ち
④疑惑！仇討ち本懐
⑤逃亡！真実一路
⑥打倒！御家乗っ取り
⑦暴け！闇老中の陰謀

出羽横手藩十万石の大内山城守盛義は野駆けに出た向島の百姓家できりたんぽ鍋を味わっていた。鍋を作っているのは馬廻りの一人、椿平九郎義正、二十七歳。そこへ、浅草の見世物小屋に運ばれる途中の虎が逃げ出し、飛び込んできた。平九郎は獰猛な虎に秘剣朧月《おぼろづき》をもって立ち向かい、さらに十人程の野盗らが襲ってくるのを撃退。これが家老の耳に入り……。

早見俊

勘十郎まかり通る

シリーズ

完結

①勘十郎まかり通る　闇太閤の野望
②盗人の仇討ち
③独眼竜を継ぐ者

向坂勘十郎は群がる男たちを睨んだ。空色の小袖、草色の野袴、右手には十文字鑓《やり》を肩に担いでいる。六尺近い長身、豊かな髪を茶筅《ちゃせん》に結い、浅黒く日焼けしているが、鼻筋が通った男前だ。肩で風を切り、威風堂々、大股で歩く様は戦国の世の武芸者のようでもあった。大坂落城から二十年、できたてのお江戸でドえらい漢《おとこ》が大活躍！

二見時代小説文庫

早見俊

居眠り同心 影御用 シリーズ

閑職に飛ばされた凄腕の元筆頭同心「居眠り番」
蔵間源之助に舞い降りる影御用とは… !? 完結

① 居眠り同心 影御用 源之助人助け帖
② 朝顔の姫
③ 与力の娘
④ 犬侍の嫁
⑤ 草笛が啼《な》く
⑥ 同心の妹
⑦ 殿さまの貌《かお》
⑧ 信念の人
⑨ 惑いの剣
⑩ 青嵐《せいらん》を斬る
⑪ 風神狩り
⑫ 嵐の予兆
⑬ 七福神斬り
⑭ 名門斬り
⑮ 闇の狐狩り
⑯ 悪手《あくしゅ》斬り
⑰ 無法許さじ
⑱ 十万石を蹴る
⑲ 闇への誘い
⑳ 流麗の刺客
㉑ 虚構斬り
㉒ 春風の軍師
㉓ 炎剣《えんけん》が奔《はし》る
㉔ 野望の埋火《うずみび》（上）
㉕ 野望の埋火（下）
㉖ 幻の赦免船
㉗ 双面の旗本
㉘ 逢魔の天狗
㉙ 正邪の武士道
㉚ 恩讐の香炉

二見時代小説文庫

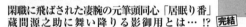

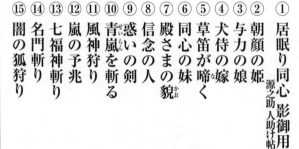

早見俊

目安番こって牛征史郎

シリーズ

完結

①憤怒の剣
②誓いの酒
③虚飾の舞
④雷剣の都
⑤父子の剣

九代将軍家重を後見していた八代将軍吉宗が没するや、家重の弟を担ぐ一派が暗躍しはじめた。家重の側近・大岡忠光は、直参旗本千石、花輪家の次男坊・征史郎に「目安番」という密命を与え、家重を守らんとする。六尺三十貫の巨軀に優しい目の快男児・征史郎の胸のすくような大活躍!!

麻倉一矢

剣客大名 柳生俊平

シリーズ

以下続刊

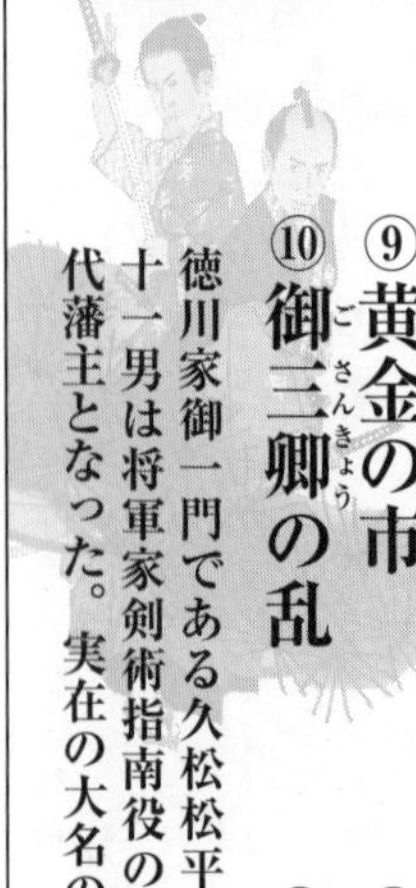

① 剣客大名 柳生俊《とし》平《ひら》 将軍の影目付
② 赤鬚の乱
③ 海賊大名
④ 女弁慶
⑤ 象《ぞう》耳《みみ》公方
⑥ 御前試合
⑦ 将軍の秘《ひ》姫《め》
⑧ 抜け荷大名
⑨ 黄金の市
⑩ 御《ご》三《さん》卿《きょう》の乱
⑪ 尾張の虎
⑫ 百万石の賭け
⑬ 陰富大名
⑭ 琉球の舞姫
⑮ 愉悦の大橋
⑯ 龍王の譜
⑰ カピタンの銃
⑱ 浮世絵の女
⑲ 八《や》咫《た》烏《がらす》の罠
⑳ 将軍吉《よし》宗《むね》の大敵

徳川家御一門である久松松平家の越後高田藩主の十一男は将軍家剣術指南役の柳生家一万石の第六代藩主となった。実在の大名の痛快な物語！

二見時代小説文庫